うるさいこの音の全部

高瀬隼子

文藝春秋

目次

うるさいこの音の全部

うるさいこの音の全部

夢の中では大声が出せない。特に突発的に叫ぶのがだめだ。悲鳴を上げたくても上げられない。汚い手が伸びてくるその時も、体は粘り気のある水の中に落とされもがいているような鈍さでしか動かず、体を捩《よじ》ってもたいした距離を取ることができない。せめて声でだけでも抵抗したいのに、喉からは細くかすかな鈴の音しか鳴らない。

そこで目を覚ますことができればいいのに、夢にはちゃんと続きがあって、知らない男に無遠慮に体を触られたり、顔や頭を殴られたり、身動きが取れないよう拘束された状態で罵倒され続けたりする。夢の外にあるわたしの体が、ほんとうのこととして吐き気を覚えたり食いしばった歯の痛みを感じたりした後でようやく、夢から抜け出すことができる。

今見ていた夢が、夢の中で続いている確信があってこわい。運よく出てこられたけれど、わたし不在の夢は続いて、待っている。汗ばんだ体が気持ち悪いのに、体をくるむ布団をはぎ取ることはできなくて、ますます体を丸め、けれど二度と眠りたくはないから、懸命に目を開けている。のだけれど、いつの間にか眠ってしまっていて、スマホのアラームにはっと体を強張らせる朝、夢を見なかった安心でじっとりとした息を吐くのだ。

（ここ気に入ってるけど浮いてる？　いらない？）

・嫌なひとの話

・わたしたちはたくさんいるうちの一人

この世には嫌な人しかいない。それが、二十歳になったわたしの出した答えだった。東京に出てくる前、田舎で過ごした子ども時代からうっすら思っていて、勘違いならよかったんだけどどうやら間違いないみたいだ。

右隣の部屋に住んでいる社会学部の男は夜中の一時でも二時でも関係なく下手なギターを鳴らすし、むかついて壁を殴ったら、どんどんどんっと三倍にして返されたしギターの音も止まなかった。その何日か後に廊下ですれ違った時に舌打ちをされて、思い出したのはオートロックマンションの中で女の人が隣人に殺されたというニュースだった。うちはオートロックマンションじゃない、ぼろい三階建ての学生用アパートだけど。

左隣に住んでいるのは同じ文学部で、学年も同じ二年生の女で、学科は違うけど教養の授業で見かけることはある。入学したばかりの頃に、同じアパート内に友だちがいたら便利かもと思って仲良くなろうと声をかけてみたけど「はあ」みたいな反応で、同じ学科の子たちがうちに泊まりに来た翌日には、ゴミ捨て場で「昨日うるさかったです」と言われた。昨日うるさかったです、の続きを待っていたら「それじゃ」とだけ言って、ゴミを出していなくなってしまった。うるさかったです。そうですか。だからそれからも、わたしはみんなをうちに誘った。静かにしてくれませんか、とは言われなかったし。うるさかったです。そうだよね。で、いつもいつも誘ってたから、アキもミリもウイも、うちをたまり場に決定したみたいだった。六畳一部屋の空間で、ぎゅうぎゅうに肩を寄せ合って座って、どうでもいい話をしている時、なんかもっと楽しいことないかなって気持ちと、最高に充実しているような気持ちとが一緒くたになる。

「ねえ、お腹すいた」

ベランダで煙草を吸っていたアキが、ガラス戸を開きながら言う。時計を見ると夜十時を過ぎていた。六時くらいにみんなで学食に行って、その後生協で買ったジュースとお菓子を持ってうちに来たけど、確かにちょっと、お腹がすいていた。

「コンビニ行く？」

スマホゲームをしているウイが顔を上げないで声だけで尋ねたけれど、アキは「んーん」と首を横に振り、「まじで金ない」と気だるく言って座り込んだ。ミリが分かるーと言いながらアキに肩をぶつけた。わたしたち四人はみんな地方出身者で、全員が大学の近くで一人暮らしをしていて、いつもお金がない。ここは東京だけど、東京っぽくない。東京に出て来るまで、東京にも家と家の間に畑があったり、狭くて古いけどそこそこの家賃で住めるアパートがあったり、きらきらしてない、下町ふうの風情があるわけでもない、安っぽい地域があるなんて知らなかった。

みんな、いつでも帰れるけど朝まで帰らないことが多くて、だからうちには全員分の歯ブラシが置いてある。一人暮らしの子は同じ学科に他にもいたけど、同じくらいおしゃれで、同じくらいやる気がなくて、でも同じくらい要領よく単位は落とさず、先生たちにもそこそこ気に入られてて、同じくらいの頻度でバイトをしないと生活していけないっていうとこまで似てるのはこの四人だけだった。

アキはくうふくーとなおもつぶやく。実家から送られてきたお米はたくさんあったけど、そういうんじゃないっていうのは分かっていた。代わりに、酒飲みたーい、と言ってみる。

分かるう、とミリが首を左右にゆすりながら同意の声を上げる。

「ねえねえ」

「なん」

「あそこの中華って行ったことあんの？」

ウイが、ベランダの方を指さす。カーテンが閉まっているので外は見えないが、アパートの外、駐車場と細い道を挟んだ向かい側に、中華料理屋がある。色が薄くなった赤色のでかい看板には『中華料理　金』とあって、入ったことはないけれど、入口の扉が開けっ放しにされているので、通る時になんとなく覗き、家族でやっている店だということは知っている。父親と母親と息子の三人。息子は同い年くらい。二十代前半か、まんなかか。多分中国人。

「ないけど、毎日通るから中覗いたことあるよ。普通に普通。親子でやってるっぽい。息子がうちらと同い年くらいだと思う」

「まじ。かっこいい？」

「えー全然。中国人だし」

わたしが答えると、ミリとウイがけらけら笑う。うけんね、とアキに言われ、わたしはうれしくて、一気に体が熱くなる。その熱に急かされて「あのさあ」と続けた声が、自分でも上ずっているのが分かった。

「今から行ってみる？　あの店夜中まで開いてるから」

「金ないって」

「奢《おご》ってもらおうよ。あの店の息子に」

「どゆこと」

アキもミリもウイも笑ってる。笑ってるっていうか爆笑してる。腹の底から声を出している。時々、ジュースでこんなに笑えるんだから、うちらにアルコールなんて必要ないんじゃないのと思う。

「かっこいいとかさあ、適当に言ってれば、ただで飲めるでしょ」

「まじ。試す？」

「駄目そうだったら一杯で帰ろ」

「一杯でも金厳しいんですけどお」

口調は不満そうだけど、みんな立ち上がって出掛ける準備を始める。準備と言っても、またここに戻ってくるから財布とスマホを持つだけ。ウイがポーチからファンデーションを出して塗り直し、ミリが「なに気合入れてんの、ださ」と冷たい声で言った。ウイが「どこで誰が相手でもきれいに見られたいの」と鏡に視線を向けたまま言い放つのを聞いて、わたしはそんなふうには言い返せなくて恥ずかしくなるから、うらやましい。

　夜なのにあんまり寒くない。十月ってこんな感じだったっけ、と毎年思っているような気がする。どこからかトイレの芳香剤と同じ花のにおいがした。アパートを出て駐車場を突っ切り、正面にある中華料理屋を見つめながら近付いた。他の三人は相変わらずがやがやしゃべっているけど、わたしはすこし緊張していた。中華料理屋のある建物は三階建てで、二階には足つぼマッサージの店があって、三階は看板もないし外から見える部屋のカーテンもしょぼいから、店じゃなくて人が住んでいる部屋なのかもしれない。こうしてまじまじと見るのは初めてだった。一年以上目の前に住んでいて、毎日その店の前を通るのに、自分には関係なさすぎて見ていなかった。

　中華料理屋の入口は、いつもと同じように全開になっている。虫が入ってこないのだろうか。入口の右側、目の高さに手書きのメニューが貼ってある。端が破れて黒ずんでいる厚紙のメニューには、ラーメン450円、生ビール320円とあった。「安いじゃんっ」と、後ろでミリが安心したような、はしゃいだ声をあげる。アルバイトばかりで苦しいのはわたしだけではないんだった。

「こんばんはあ」

　と明るい声をプラカードで掲げるようにして店内に入る。入口に近い席に座っていた息子の人が、「らっしゃいまーせー」と同じくらい明るい声をあげて、立ち上がる。うっすら髭の生えた顔は、不思議と不潔な印象ではない。「こっちどうぞ」と手で指されたテーブル席に四人でかける。他に客はいなかった。父親がカウンター席の向こう側にある厨房で、背もたれのないパイプ椅子に座っていて、母親はカウンターの一番奥の席で広げたキャンパスノートになにかを書きつけていた。店内にはラジオが流れていて、中国語で話しているそれがどういう内容かは分からないけど、話している男二人の声はどちらも陽気で楽しそうだった。

「なににしますか」

表に貼ってあったのと同じメニュー表が差し出される。わたしたちは、ビール飲みたいね、と言い合う。くすくす笑うのだけど、うまく調整して、例えば学食とかで同じ学科の暗くてださい子たちを見かけた時に笑うのとは違う、秘密があるけどそれはいい秘密なの、みたいな。期待しても大丈夫だよって安心させるみたいな、くすくす笑い。相談してないのにぱっとこういうふうに合わせられた時、わたしはすごく楽しい。わたしたちって友だちだ、とうれしくて仕方なくなる。

それで結局、「ビール飲みたいの？」と言わせる。息子の人に。うん、飲みたい。と困った顔と声で返す。でもお金ないから、飲めないの。お金ないの。うん、貧乏。なのに食べに来ましたか。尋ねられて、そうなのー、とわたしたちは声を合わせる。そして、それで、結局、わたしたちはビールを飲んだ。仕方ないですから、と言って大瓶を二本出してくれた息子の人は、「ぼくも飲みます」と隣のテーブルの椅子を引っ張ってきて座った。どうせもうお客さん来ないですから、と笑っている。

いつの間にかキャンパスノートを開いていた母親はいなくなっていた。父親はまだカウンターの向こうにいたけれど、椅子の上で片足を上げて足の爪を切っている。もう客が来ないと分かっているなら店を閉めればいいのに、この店はいつも開いている気がすると言うと、息子の人は「起きてたら開けますから」と恥ずかしそうに答えた。なにが恥ずかしいのだろう。それを尋ねる代わりに「お兄さん、かっこいいね」と言ってみると、びっくりした顔になって「言われません」と首を振る。

「うそ、言われるでしょ。かっこいいもん」

「言われません」

「うそだよ、うそ」

わたしが言い、みんなはくすくす、笑っていた。

「言われません」

「じゃあわたしが言うよ。かっこいい。付き合ってってって」

嘘だって分かっているのに、好意的なくすくす笑いってどうしてこんなに気持ちいいんだろう。息子の人も、気持ちよさそうだった。国が違って、言葉が違っても、空気感はニュアンスまで共有できるのだから不思議だ。

瓶ビールを追加で二本と、「残り物ですけど」と前置きされたごまだれのかかったキュウリと、冷たい鶏のハム、唐揚げを出してもらった。それも全部食べて、「でもまだお腹空いてるー」と息子の人の腕を柔らかく叩くと、ラーメンを茹でてくれた。

息子の人が厨房に入ってお湯を沸かすのを目で追った時、父親がいなくなっていることに気付いて、時計を見ると深夜の一時だった。お酒を飲んで夜が更けるほど、わたしたちは空腹になっていく。ラーメンには味海苔と煮卵が載っていた。

「この海苔って中国の海苔?」

尋ねると、息子の人が首を傾げて立ち上がり、カウンターに手を伸ばして海苔の入った缶を手に取った。

「日本のですね。広島県の」

「広島、行ったことある?」

「ないですね。遠いから」

醤油味の油が少なく透き通ったスープも、スーパーに売っていそうな黄色のちぢれ麵も、学食で出される三百円のラーメンと似ているのに、違った。おいしい、と言おうとしたらアキが先に「おいしい」と言った。だから、わたしは「お兄さん、ありがとう。好き」って言った。息子の人はくつろいだ表情で、「ぼくも好きですよ。あなたはかわいい」と言って頷いた。ひゅうー、とみんなが冷やかした。

ラーメンを食べ終えて、ミリが「眠い」とぼやいて立ち上がり、みんなもそれに続いた。ラーメンの器が四つ、テーブルに残っていた。息子の人はラーメンを作るだけで食べなかった。他の料理の皿は下げられていた。グラスは五つで、そのうち二つに、ぬるくなったビールが半分くらい残っていた。わたしはそういうのが全部目に入ってきていちいち覚えられるくらい、全然、酔っぱらっていなかった。元々アルコールには強い。

「おにいさん、ありがとね。ごちそうさまー」

「ごちそうさまーおやすみー」

「おやすみー」

わたしたちは友だちの家から帰るみたいに気安く手を振って、店を出た。お金は払わなかった。胸がどきどきしていた。わたしが最後に出て、入口の扉を閉めた。開けっ放しにしている扉は、頑丈そうな見た目をしていたので重たいと思って力を込めて引いたら、全然重たくなんてなくて、勢いよく、大きな音を立てて閉まった。

「わっ、ごめん」

扉に向かって言うと、向こう側から「大丈夫よ。おやすみー」と息子の人の声が聞こえた。扉がもう開かないことを確認して、わたしたちは素早く道を横切り、駐車場を通り抜け、アパートのわたしの部屋に戻った。戻ってすぐ、言葉も共有しないで笑った。隣の隣の隣の部屋まで聞こえていそうな大爆笑だった。「うまくいったねえ」とウイが息も絶え絶えに言った。

*

ジャン・ジャラララララ音がしている。メダルや玉がぶつかり合う音と、ファンファーレに似た同じフレーズを繰り返す電子音、コラボ展開しているアニメキャラクターの「こーんにーちはー」が、それぞれの形を保ったままぶつかり合って、混ざろうとするのだけど、三角や丸に集まろうとしては形が合わないではじき出され、ぴょんぴょん飛び出たそれが、大音量を保ったまま腹の底めがけて勢いよく沈んでくる。

耳を悪くしそう、と眉をひそめたのは、朝陽《あさひ》がPALでバイトを始めた大学二年の初め頃に様子を見に来た母だった。来ても勤務中だから話とかできないよと伝え、分かってる

分かってると母も請け合ったのに、あんたちょっとだけ、と呼び止めてわざわざそんなことを言ってきた。ＰＡＬの前に居酒屋でバイトをしていた時には、こんな酔っ払いの来るところ危ないし、まかないが出るって言っても揚げ物や丼物ばっかりで、体に悪そう。そう言ってやはり心配していた。おそらく、花屋で働けば冷たい水で手が荒れそうと言われ、福祉施設でバイトをしたら、人間相手に万が一間違いがあったら責任が取れるのか心配と言われ、事務仕事をしたら座りっぱなしで肩や腰に悪いし、運動不足にもなりそう、と言われるに違いなかった。

朝陽がまだ母親に連れられて出かける年齢だった頃、大型のスーパーやショッピングモールに併設されたゲームセンターに入りたがっても、母は絶対に遊ばせてくれなかった。「よくないものだから」と諭《さと》す時、母は大人相手に向けるのと同じ真剣な顔をした。薄暗く紫や緑のライトが光っている奥の方のコーナーは、幼かった朝陽の目にもなにか悪いもの、害を為しそうな不健全な魅力のある、気になりつつもおそろしいものとして映ったのだけど、その手前に広がる、ピンクや黄色や明るいオレンジの飾りが撒き餌のように散らばっているＵＦＯキャッチャーのコーナーには、もっと単純で強い吸引力があった。けれど、幼い子ども向けのカードがもらえるゲームや、飛び出してきたモグラをハンマーで叩くゲームや、入口に並ぶガシャポンすらも、もちろん禁止だった。「駄目なものは駄目」とにべもない母相手に駄々をこねていたのは小学校低学年の頃までで、十歳にもなる頃には言っても無駄だと分かっていたので、一人でこっそり覗くようになった。お金がないので自分では遊べず、プレイしている人の後ろから覗き込むのだけど、いくらでも見ていられた。

勤務中だから話はできないと言っていたものの、母が来たのはお客さんが少ない平日の午前中で、近くに社員もいなかったから、結局しばらくの間母の相手をしていた。せっかく来たんだからなにか一つくらい遊んで行ってよと促すと、母は手近にあったUFOキャッチャーに百円を入れた。端から軽蔑するような眼差しで見つめられたクレーンは、中に寝転んでいる緑色のポケモンのぬいぐるみを一秒の間ぎゅっと下に押し付けると、するすると身軽に上がり、元の位置に戻った。

「ウィーンだって、わざとらしい音」

母は追加の百円玉を投入することなく、お仕事頑張ってね、と言い残して帰って行った。

朝陽はその時のことを思い出しては、母にとってのゲームセンターの記憶がつまらないまま固定されていることを残念に思う。大学を卒業するまで続けたアルバイトの三年間だけではなくて、アルバイト経験者の推薦制度を使って社員としてPALに就職してからも、母がPALに来ることは二度となかった。一度限りのことだと分かっていれば、朝陽だってバイトを休んでお客として一緒に入店して、こんなゲームがあるよと紹介してまわるくらいのことをしたかもしれない。

娘の就職先に不満があるわけではなく、自立して真面目に働いていればいいようで、ただ会う度に、「耳はなんともないの」と聞かれる。朝陽は笑って首を横に振る。なんともないよ、と言う。実際なんともなかった。年に一度の健康診断の聴力検査でも異常はなかったし、日常生活で人の声が聞き取りにくいということもない。けれど、小さくて繊細な音はきっと聞こえなくなっているのだろう。実感はないがそうなのだろう。大きな音を聞き続けると、耳の中のなんとかという器官が傷つくのだそうだ。一度ついた傷は消えない。皮膚が傷ついた後に再生されるのとは違って、歯が欠けた後自然には埋まらないように、音を捉える器官は傷ついたら傷ついたままらしい。けれどその傷つきを、朝陽は実感していない。一ミリか二ミリか、あるいはもっとほんのすこしだけなのだろうか。なにが聞こえなくなっているのだろうか。耳をすませば、小さな音まで捉えられているような気がするのだけど、確かに聞こえなくなっている音があるのだろう。でもそんなものは、実感していないのだから、初めから存在していないのと同じだった。

従業員出入口からカウンターに出た朝陽は、バイトのナミカワさんにカウンターを任せて、フロア内をぐるりと歩いて見回った。駅からほど近い商業ビルの四階に、PALはある。大型のスーパーが一階に、二階と三階には飲食店があり、四階にはPALの他に書店が入っている。廊下を挟んでいるとはいえ、ゲームセンターの音はフロア全体に鳴り響いており、本を見ている人たちはうるさくないのだろうかと常々配置を不思議に思う。五階にはマッサージ店と保険販売店、旅行代理店があって、六階はビルの事務所になっている。マッシロストア、というのがこのビルの名前だった。

ゲームセンター・PALマッシロストア店。ここは、独立型店舗ほど広くはないけれど、スーパー併設型にしては広いし、営業時間もスーパーと合わせて朝九時から夜二十二時までと、長めになっている。最奥にある従業員出入口を出発して、メダルゲームコーナーを通り抜け、対戦ゲーム機コーナー、リズムゲームコーナー、UFOキャッチャーやプリクラのある軽ゲームのコーナー、表のガシャポンコーナーまでを見回って、メダルゲームまで戻ってきた。途中、空になったチョコの包装紙が落ちていたので拾って、近くのゴミ箱に入れた。平日の昼十四時。お客さんは多くない。みんながのんびり、ゲームを楽しんでいるように見える。一人でゲームに興じている人たちはそのほとんどが、たいして表情を変えない。朝陽はその、ゲームの勝敗によって感情が波立っているはずの人たちの無表情を盗み見るのも好きだった。彼らからは、笑うのも怒るのも自分のためだけのものという印象を受けた。

メダル両替機の横に置いていている使い捨てのおしぼりが残り僅かになっているのに気付い

て、カウンター内側のしゃがんだところに並べてある段ボールから、一掴み取り出して補充する。すぐに、ゲームをするでもなく近くに佇んでいた高齢の男性が近寄ってきて、それを二つ取り、着古したカーキ色のジャンパーのポケットに入れた。朝陽がちらりと見ていると、男はさらにもう二つ手に取って、それもやはりジャンパーのポケットにしまった。

あと一つ取ったら声をかけよう、そう思って見ていると離れた場所から、「親父、行くよー」と男性の声がした。視線を向けると、幼い子どもと手をつないだ男性が手招きしていた。おしぼりの男が「あいよ」と返事をしてそちらへ歩いて行く。朝陽もなんとなくその後に続いた。音の洪水が遠ざかっていく。昼間のゲームセンターは明暗がはっきりしている。入口に近い、ガシャポンやUFOキャッチャー、子ども向けのポケモンやマリオの対戦ゲーム機が置いてある辺りは、ゲームの効果音くらいしか音はしない。照明も明るく、子どもの周りに立つ大人たちの顔も明るい、ように見える。エレベーターに乗り込んで消えた三人を見届けてフロアに戻る。〈ここから先、16歳未満の方は立ち入り禁止です〉と申し訳程度に置かれた看板の向こう側、メダルゲームとスロットのコーナーは、照明が三段階くらい落とされているし、音は何倍も大きい。耳に届けるんじゃなくて頭に届けてるんだよ、とこれは先輩アルバイトに聞いたのだった。その人はとっくに退職してしまってここにはいない。

こっちのほうが好き、と目に見えないラインの上に立ち、暗闇の方に半身を浸す。なにか考えようとしても、思考の言葉の入る隙がないくらい音だけで満たされる。ジャンジャララ、の隙間は細くて、言葉で考えようとすると細切れになる。耳が悪くなるわよ、ジャンラララ、心配してるのよ、ジャンラララ、それが、ジャンラララ、どうして、悲しかったんだっけジャンララララララ。

後ろから肩をたたかれて振り返ると、笑顔のマネージャーと目があった。一歩距離を取り「お疲れさまです」と挨拶して頭を下げる。朝陽は蛍光オレンジのラインが入った黒のポロシャツに黒のパンツというPALの制服を着ているが、マネージャーはスーツ姿だった。フロアに出る時はマネージャーも制服を着るので、今日は本社に行っていたのかもしれない。マネージャーは笑顔をますます強めて歯をむき出しにすると、

「ナガイさん、読んだよ、小説。いいじゃない！」

ジャンラララに負けないくらいの大声で、そう言った。

＊

中華料理屋に行った次の日の朝、みんなは起きた順に帰って行った。わたしは授業が三

限からだったから、みんなが帰った後でシャワーを浴びて、ドイツ語の宿題を解いて、冷凍うどんに麵つゆをかけて食べて、昼すぎに大学に向かった。中華料理屋の前を通る時、いつもどおり入口の扉は開いていたけど、早足で通り過ぎたから中は見ていないし、見られてもいないと思った。二日目もなにもなかった。声をかけられたのは三日目だった。

金曜日で、一限から必修の授業が入っていた。授業が始まる一分前に教室に到着できるかできないかくらいの時間に部屋を出たから、焦ってはいないけど急いでいた。アパートを出て駐車場を歩いている時から、中華料理屋の前に息子の人が立っているのは気付いていたけど、声をかけるつもりはなかった。なんとなく声をかけられることもないと思っていたけど、彼はわたしに気付くと、手に持っていた野菜が入った段ボール箱を地面に降ろして、足で店の方へ寄せると、体ごとこちらに向け、「おはよう」と言った。

「おはよう。あの、この間ありがとう」

迷ったけどお礼を言う。わたし一人なのに。

足は止めないで大学の方へ向かおうとすると「ちょっと待って」と呼び止められた。

「あなた、ぼくのこと好きだと言いましたけど、ぼくも好きです。かわいいし、楽しかった」

「ああ、うん。ありがとう」

「あなたの部屋、知ってます。あのアパートの三階の、右から三つ目の窓の部屋」

どこで見ていたのだろう。こわい。こわいけどめちゃくちゃこわいではない。というかこわいではなくてこれは、しくったって感じだろうか。しくったなら、仕方ない。

よく見ると、顔はほんとうに悪くない。肌が綺麗だし、唇がうすくて、鼻がつぶれてない。朝だからか、オレンジ色のトレーナー姿が爽やかにも見えた。人生で一回くらい中国人と付き合うのもいいかもしれない。この人日本語しゃべれるし。

「じゃあ今日の夜うちに来て。明日朝からバイトで十二時には寝るから、それより前に」

うれしいです、と息子の人が声を弾ませた。

四人で揃えて履修した教養の授業が、日が暮れる頃に終わった。明日は土曜日で、全員朝からバイトがあるから夜通しわたしの部屋に集まりはしないけど、学食で晩ご飯を食べて帰ろうということになった。三百円のラーメンに、八十円のサラダを付けて食べる。野菜ってこういう時しか食べない。

中華料理屋の息子と付き合うことになったと報告すると、みんなが絶句した。箸を持つ手まで止まる。そんな反応は予想していなくて、もっと笑ってもらえるかと思った。ちょっとの笑いじゃなくて爆笑の方。まじでえってこの百席以上ある広い学食の端まで聞こえるような声で。

そんなふうに考えて、なんだわたし、それが欲しかったんだなと気付いたのだけど、そんなことより今は絶句が嫌だった。

「体張りすぎじゃん」

ようやくアキが声を出した。しぼり出したって感じだった。

「そこまでしなくても他におもろいことあるのにさあ」

とウイが言った。俯《うつむ》いたままだった。

「てかちょっとやばくない」

ミリがつぶやく。余計にしーんとなりそうなのが嫌で、

「やーまじ、冗談行き過ぎたあああっ」

と叫ぶと、ようやく「声でかすぎて引く」と小さな笑いが返ってきた。

「引かないでまじ。まだやってないから。処女だから」

「処女ではないでしょ」

隣のテーブルに座る男女のグループが無言でちらちらわたしたちの方を見てくる。眉をひそめてますって感じ？　大学生のくせにまともな反応してんじゃねえよ。わたしはますます、声を大きくする。

「あーまじできもちわるい」

「いやネタだから」

「ネタで寝れるとか最強」

「だからうち友だちできてんじゃん」

よかった手に入った。わたしは安心する。よかった。大丈夫だ。

土日はバイトだけど、火曜は六限で全員揃うからその後、多分うちに集まる。その時までに一回、息子の人とセックスしとこう、ってわたしは決める。

その日の夜、息子の人は言ったとおりやって来た。店があるから一時間くらいしか居られない、と申し訳なさそうな顔をしていた。わたしたちは手早くセックスをこなして、解散した。シャワーも浴びないで体を合わせている最中、このことをどんなふうに話したら笑いが取れるだろうと考えていたら、右隣からどんっと壁を叩かれたので、声を上げて笑ってしまった。いいエピソードが増えた。


わたしの一週間。火曜と水曜と木曜はみんながうちに来る可能性が高い。六限や七限の遅い時間に授業がかぶってるから、そのままうちに雪崩《なだ》れ込んでくる。土日はバイトがあるから、みんなで集まることはない。わたしは郊外の大型ショッピングモールのイベントスペースで、設営や客入れ整理をするバイトをしている。イベントがない土日はビールか新商品のお菓子かアイスの試飲や試食の販売スタッフに駆り出され、シフトに入れなくて稼げないってことがないから、いいバイトだった。アキは全国チェーンのコーヒーショップで、ウイは小中学生向けの学習塾で、ミリは通販会社のテレオペセンターで、バイトをしている。それぞれが働いている姿を見たことはないけど、多分真面目にきびきびと愛想よく働いてるんだろうなって想像する。わたしたちはみんな勤労に向いている。与えられた仕事をきっちりこなしてお金をもらうのは気持ちいい。

(バイトの説明長い?　でもこの子たちの妙な真面目さは入れたい)


だから土日か月曜か金曜だったら会えるよ、と息子の人に言った。

「バイトから帰ってきた後になるし、次の日もバイトだから早めに寝るけど」

「バイトは何時に終わりますか」

「土日は朝からだから七時とかには帰ってくるけど。月曜と金曜は夕方からだから、十時くらいかな」

「ぼくは、店ありますから、晩ご飯の時間は忙しいです」

「だよね」

息子の人は、金曜日の十一時にわたしの部屋に来た。いつもはみんながせせこましく座っている六畳の部屋が、息子の人一人だけだと広く感じたけど、息子の人は「狭いですね」と言った。肩が触れる距離に座ると、息子の人から油のにおいがした。体から出た皮脂のにおいじゃなくて、料理から飛んできた油のにおいだった。オレンジ色のトレーナーは、近くで見るとだいぶ傷んでいて、鼻を擦り付けると薄っぺらい繊維の奥まで、中華料理のにおいが染み込んでいるのが分かった。息をするだけでお腹が減る。
忙《せわ》しないセックスをして、息子の人は十二時過ぎに慌てて帰って行った。店の片付けがあるらしい。一人でシャワーを浴びた後、濡れた髪にタオルをかぶったままベランダに出て中華料理屋の方を眺めると、開いたままの入口が見えた。中にお客さんがいるのかまでは見えなかったけれど、暗い駐車場の向こうに、ぽんっと明るく置かれたその入口は、田舎で見ていた、暗い海の向こう側に明かりのついた島がある、あの光景に似ているように思った。

朝、バイトのために七時半にアパートを出る。中華料理屋の扉は閉じられて、人の気配がしなかった。二階のマッサージ店はお姉さんがやっているのだと言っていたけれど、そのお姉さんをわたしは一度も見たことがない。三階に住んでいるというおじいさんとおばあさんも見ていない。買い物袋を腕に下げて歩いているのも、ゴミ捨てをしているのも、暑い日に店の外の日陰で涼んでいるのも、父親と母親と息子の人だけだった。

日曜の夜八時、バイトを終えて地下鉄で帰っていると、アキから〈今夜遊べる人ー？〉というＬＩＮＥが入った。日曜にこんな連絡があるのは珍しい。〈いいよーん。今バイト終わったとこ〉と早速ウイから返信が入り、続けてミリからも〈くじすぎる〉とバイト中にこっそり送ってきたらしいメッセージがきた。日曜の集合なんて、なにかあったのかもしれない。でも今日はこの後息子の人が部屋に来ることになっている。どっちかなあこれ、と迷いながら返信する。〈ごめん今日、彼氏っていうかあの中華料理屋の人と会う予定ある〉〈まじ。じゃ、部屋使えないね〉とすぐにアキから返事がきて、やっぱりうちに集まるつもりだったのかと思う。

〈ていうか会うの何回目？〉

〈四回目くらい〉

〈えっなんそれまじのやつじゃん。付き合ってんの？〉

付き合ってるよ、と返そうとして指の動きを止める。付き合ってると言ったつもりだったし、そんなのはアキたちだって分かってるはずだけど、わざわざこれが返ってくるってことはやっぱり、わたしの部屋が使えないことを怒ってるのかもしれなかった。

〈らぶらぶだよおおお〉

と返信したところで、最寄り駅についた。地下鉄から吐き出されて歩き出す。手に握ったままのスマホが振動したけれど見ないで、どんどん歩いた。日曜のこの時間、人は平日よりずっと少ないけど、仕事帰りより遊び帰りの人の方が多い空気が、軽くっていらつく。歩くスピードも、平日の人たちより遅い気がして、どんどん追い抜いて行く。道の先に中華料理屋の赤い看板が見えて、更にスピードを上げる。店の前ですこしは躊躇したかったけれど、入口の扉は開いていて、中を覗いた瞬間カウンターの前に立っていた息子の人と目が合ったから、一旦落ち着くとか考え直すっていう時間もなくて、わたしの手招きに素直に応じて外に出てきた息子の人に、「別れよー」と流れるように告げた。

「なんでですか」

息子の人は予想どおりの言葉を返してきたのでつまらない。つまんないからだよ、と怒鳴りそうになるのを抑えて、「ごめん」と謝る。

「二週間で別れると言うのはおかしいですよね。ぼくたち四回しか会っていないし、ぼくは悪いことしましたか」

「してないね。ごめん」

ともう一度謝り、「でも別れたいんだよね」っていうか別れたとかじゃなくて付き合ったこと自体なかったことにしてほしいんだよね、もう、笑える期限は過ぎちゃったっぽいからさ。

「ぼくは別れたくないですね。あなたはかわいいですよ」

息子の人が真剣な顔でそう言うのだけど、ちょうど二人の間を大きめの羽虫が横切ったので、わたしは顔の前で手をぶんぶん振った。その勢いのまま「あのさあ」と切り出すと、思っていたより不機嫌な声になってしまった。

「かわいいって言うけど、わたしそんなかわいくないよね」

確かめるというより、分かっているからそう言う。頬骨ががっしりしすぎているし、鼻が大きいし、目の形が卑怯そうな印象を与えると言われたこともある。

「だからあなたがかわいいって言ってきた時、やりたいだけだろうなと思って、まあそれでも別にいっかって思ってたんだけど、執着されるとなんか、そんなにやりたい？　って冷めちゃう」

「あなたかわいいです」

なおも食い下がる息子の人に、そんなにやりたいのかよ、と冷え冷えした気持ちが広がる。あの夜タダで飲んだ酒の分はもう返したじゃんかよと思う。

「とにかくごめん。それじゃあ」

話をぶった切って踵《きびす》を返し、小走りで駐車場を通り抜ける。アパートに入る前に振り返ったら、息子の人はまだ中華料理屋の外に立っていたけど、追いかけてくる素振りはなくて、なんだよそれ、と舌打ちしたくなる。追いかけられても迷惑なのに不思議だけどむかつきはする。どっちかが真剣にならないと成立しないんじゃないのとも思う。自分の部屋に入り、レースのカーテンをめくらないまま、窓から中華料理屋の方を見る。息子の人の姿はもうなくて、店の入口はいつもどおり、開いたままだった。

バイトに着て行ったシャツを脱いで、部屋着にしているユニクロのワンピースに着替える。化粧を軽く直して、冷蔵庫から冷たい麦茶を出して飲んで、閉じたままにしていたLINEを見たら、アキの部屋にみんな集合してるみたいだったから、〈わたしも今から行くー〉とメッセージを送る。すぐに既読が三つ付いた。〈彼氏は?〉と聞かれて、〈もういないよーん〉と泣き顔のスタンプと一緒に送った。

爆笑の予感に胸を高鳴らせて、わたしは部屋を飛び出す。

＊

「へー、ナガイさんっていい人だけど、小説なんか書いてたんだ」

小説なんか、と攻撃的な言葉を使っているわりに、続いたのは「すごいねー」という率直に感心しているようなまるい声だったので、どうやら小説は攻撃されていない。とすると、攻撃対象は「いい人だけど」の方か、と考えてしまう。いい人だけどつまらないしその場をふわっとやり過ごすこと以外なにも考えていなさそうなのに、小説なんて書けるのね。

休憩室のドアの前、隙間からうっかり聞こえてしまった中の人たちの声が耳を通り抜けていく間に、朝陽はそんなことを考える。わざと音が鳴るようにドアノブをまわして開き、「お疲れさまですー」と朝のテレビニュースの冒頭のような明るい声を、今日も楽しい一日が始まりますねの顔を添えて、全体をさっと見渡して発出する。社員はゼロ、アルバイトさんしかいない、と確認する。同じような顔と同じような声の、けれど朝陽が発するパワーの半分くらいの力の明るさが、返ってくる。それがふっと消えていく速度も朝陽の倍速くらいで、朝陽は、いつも、そうだ半分くらいの出力でいいんだ全部、と思うのだけどうまく調整できず、反射のように自分がその時々で可能な全力の明るさと速度と継続をしてしまう。反射のように、だけど反射ではないから、ほんとうは考えて調整が可能なはずなのに、後で考えようということにしてしまうから、もう反射的にじゃなくて反射なんじゃないのこれは、とも思う。反射だとしたら考えても無駄だよね、と自虐的に意識を飲み込みながら手近なパイプ椅子を引いて座ると、すぐにナミカワさんが「ねえねえねえ」と顔を近付けてきた。いつも近いなこの人は、と思いながらも朝陽は意識して体を引いてしまわないようにする。自分からさらに一センチ、ほんのわずかだけど近付いてもみる。ナミカワさんの眉毛に塗られた茶色のパウダーの粒子まで判別できそうな距離。頭の後ろで一つ結びにしている髪から、いい匂いがした。アイシャドウで縁取られた大きな目がまっすぐ朝陽に向けられる。

「聞いたよナガイさん、小説家になったんだって？　まじですごくない？　先生じゃん先生！」

「いやーあはは、先生ではないです」

「いやいや先生！　だって小説家でしょ！」

すごいねすごい、とナミカワさんが言うと、隣のマンベツさんもすごいすごいすごい、と呼応して声を上げた。他にも二人、会話には混じってこないが離れた席で頷いている人がいる。すごい。そう、確かにすごいことだ、と朝陽は自分でも思っているので強くは否定できない。ずっと小説家になりたかったが、なれるとは思っていなかった。というより、なれないと思っていた。だけどなれてしまったからすごい、のだけど、なれたというのはなんだろう。小説家になった、と言われると居心地が悪い。大学時代から投稿を続けていた小説の新人賞を受賞した。小説が文芸誌に掲載された。その作品が、単行本になって発売された。確かにすごい、ものすごいことだった。

瓜原《うりはら》さんという編集者が担当になってくれて、次回作頑張って書きましょう、と言われている。「三、四か月くらいでいったん、見せてもらえればと」と柔らかいのにきっぱりとした物言いをする人だった。顔を見ると緊張してしまうので、青色のグラデーションの美しいネイルがほどこされた彼女の指先ばかり見ていた。丁寧で隙のない笑顔は感じが良く、流されるように頷いている間に、スケジュール帳に大きな丸印が付けられていた。その締切の丸が小説家になった印のように感じられ、朝陽は不安になると手帳を開いてそれを見た。

ナミカワさんが「すご、Amazonで買えるじゃん」と、目を見開いてスマホの画面を見せてくる。朝陽の本の表紙が写っている。『配達会議』、レビュー3・4という数字が目に入ってしまい、慌てて視線を逸《そ》らす。肩をこんこんとぶつけられた。

「買うからサインちょうだいよ」

ナミカワさんに「今ポチッたから」と言われて、朝陽は居心地が悪い、申し訳ないような気持ちになるが、「うれしいです。ありがとうございます」とお礼を言って、楷書でただ名前を書くだけになりますが、とサインをする約束もする。マンベツさんが、

「おれも買おー。本って初めて買うかも」

とスマホを取り出す。

「初めてってことはないでしょ」

とナミカワさんが突っ込むが、マンベツさんは金色に染めた短髪の頭ごと首を傾げて、

「いや、文庫本はあるんすけど、こういう大きな本。このちゃんとした形の本は、初めて買うかも。少なくとも大人になってからは」

と続けると、「あーそれは分かる。わたしもかも」と合点していた。そういうものなのか、と朝陽は驚くが、感じが悪くなるだろうと思い、さも当たり前のような顔で、「そうですよね、単行本ってなかなか買うことないですよね」と同調した。

「これ、名前なんて読むんすか。っていうか本名じゃないんだ」

早見有日、という筆名のことを言われ、問われるに違いないと想定してきた話題であるはずなのに羞恥心が高まる。恥ずかしいことではないはずだ、と頭で考えているが体までは納得しない。今多分耳が赤い、と自覚してしまうと頬まで熱を持ち始めてしまい、口の中で頬の内側を痛みがあるほどの強さで嚙み、赤いのはこうして嚙んでいて痛いから、ということにする。

「ペンネームです。はやみゆうひって読みます」

ふうん、とマンベツさんが興味なさそうにつぶやくので、聞かれたことに答えただけなのに、余計なことを言い過ぎた後のような後悔が広がる。「ほい、今買えましたー」とマンベツさんが購入完了画面を見せてくる。できればネットじゃなくて書店で買ってほしかった、と心に浮かんだ言葉はなかったことにして飲み込む。

こうして目の前の人がスマホの操作ひとつで自分の本を買えてしまう。書店に行けば、棚に並んでいて、それは誰かがお金を出して持ち帰ってくれるのを待っている。すごいことだなあ、と朝陽はデビュー以降度々胸の内にわく感動を撫でて確かめる。感動の中身は、うれしさだけではなくて、これからどうしたらいいんだろう、という不安がたくさんと、これからというか、わたしのこれまでも変化してしまうんじゃないかという予感がすこし、その隙間を埋めるようにちょっとだけうれしいがある。

「どういう話なのこれ」

笑顔のまま尋ねられ、言いよどむのも違うかと思い説明する。

「田舎で生まれ育った主人公が、都会で暮らしてみたいんだけど家族や近所の人に反対されてて、やりたいことがないのも確かで、テレビで見たウーバーイーツの配達員を目指すから上京するって周りを説得する、話です」

えー、とナミカワさんとマンベツさんが笑顔のまま表情をかためる。一歳年上のナミカワさんとは朝陽がバイト時代からの、大学生のマンベツさんとは彼がバイトを始めた半年前からの付き合いだが、二人は似ている。反応が素直で、ほんとうに笑ってる時は、笑顔の範疇の中で目や頬や口元や首が緩んだり伸びたりするのだけど、笑ったふりの時は笑顔のポーズが固定されるのですぐ分かる。えー、それで、それってどうなるの？　と続けて尋ねられ、未読の人にオチまで話してしまっていいものかと迷ったが、いいのだろう。

「主人公の地元は田舎だから、ウーバーイーツなんて走ってないんですよね。出前も、ピザはあるけど、それだけで、後は近所のそば屋が個人的に町内の人のところくらいだったら持ってきてくれるけどっていう程度のものしかなくて。宅配の文化がまるまるないところでは、ウーバーイーツなんてテレビで見るだけのもので。主人公がなんでそれをやりたいのか、地元の人たちは分からないけど、そんなの止めておけって言葉にも根拠がない。知らないものだから。それで、ウーバーイーツってなんだろうって家族会議を開くんです。最初は父と母ときょうだいだけで話してるんですけど、そのうち近所の人たちや、滅多に会わない親戚や、父の職場の人なんかも入って来て、こういうものだ、ああいうものだ、って言い合う。そういう小説です」

「あー、だからタイトルが配達会議？」

「そうです」

なるほどねーと感心し、なおもすごいすごいと言い募るナミカワさんとマンベッさんに笑顔を向けながら、小説家デビューしたなんて報告しなければ良かっただろうか、と朝陽は考える。周りがこんなふうに反応することは予想していたけれど、会社の職務規程に〈副業をする者は、業務に差し障りがないことを明らかにして事前に申請すること〉という記載があるのを見つけてしまったし、PALゲームズのすぐ隣のスペースには、書店が入っている。朝陽も仕事の前後によく立ち寄り、昼休みはPALの制服のまま使うこともあるので、店員とも顔なじみになっている。PALのスタッフが気付かなくても、書店員は朝陽に気付く可能性があると思った。自意識過剰だったかもしれない。

人づてに広がるよりは自分で先に言ってしまった方がいい。そう判断してマネージャーに報告したのが一か月前で、ちょうど単行本が発売された頃だった。どう反応されるかと身構えていたが、本社に確認のうえ、業務上知り得た情報を書くなどしない限り休日の活動について禁止することはない、という回答が淡々となされただけで済んだ。アルバイト時代から付き合いのあるマネージャーからは「おめでとう」と言われたが、会社としては別組織に所属して働くわけではないから副業といってもご自由にどうぞという感じで、その緩やかさがありがたかった半面、物足りなさも感じていた。小説の本が出るということは自分にとってものすごく重大な出来事だけど、他人からしたら「ふーん、よかったね」

程度のことなのだ。

まあそれはそうか、と納得した頃、新聞や雑誌の書評で『配達会議』が取り上げられるようになり、読書好きで知られる女性芸能人が、自身のSNSで本を紹介してくれたことがきっかけで、テレビの情報番組でも『配達会議』が取り上げられた。その時にほんの一瞬だけだが、早見有日の顔写真も映った。授賞式の時に出版社で撮られた写真で、黒のジャケットに白いブラウスを着た姿は、緊張した表情と相まって就活生のようだった。本名ではないし、たいしたことではないと思うようにしていたが、数日後、休憩室で『配達会議』を手にしたマネージャーが待ち構えていた。本に短冊形の注文票が挟まっているのが見えたので、PALの隣の書店ではなく、ネットで注文して買ったのだろう。「みんな、これ、ナガイさんが書いたんだぞ。すごいぞ。テレビに出てた」と満面の笑みで話すマネージャーは、数年に一度しか会わないのに血がつながった者への好意を決して失うことがない、遠い親戚のおじさんのようだった。

なるほど、すごいのは、小説でも本でも早見有日でも長井朝陽でもなく、テレビなのだった。そうして、あっという間にPALの人たちみんなに知れ渡った。

「作家先生と一緒に働くことになるなんてねー」

と言うナミカワさんの頬が紅潮しているのが見えて、内心ぎょっとなるのだけれど、朝陽は、いや先生ではないですから、そろそろフロア出ましょうよー、とわざとはしゃいだ声で言って、ナミカワさんの肩に柔らかく触れた。

朝陽が小説を書いていることが知られて、二週間ほどが経ったある日、朝勤終わりにマネージャーに呼び止められた。木曜日で客も少なく、片付けなければならない事務仕事も合間に終わらせていたので、十七時の定時で上がろうと考えながらフロアに出ている時だった。仕事帰りに駅前のスタバで小説を書くのが、最近の朝陽のルーチンで、家で書くよりも集中できるのだけど、二時間弱で書ける文字数はせいぜい二千字程度で、完成までの時間数とコーヒー代を天秤にかけると収入が少なくなりすぎるので、止めた方がいい習慣とも言えた。

四月になり春らしい装飾に変えたばかりの店内をぬって、メダルゲームコーナーの奥のカウンターへ向かい、スタッフ専用扉を開いて中に入る。休憩室があり、さらにその奥に二つ扉がある。一つは更衣室を兼ねたロッカーで、もう一つはパソコンが三台並ぶ事務室。事務室へ入るかと思ったが、マネージャーは休憩室で立ち止まって「座って」と朝陽を促した。他の全員がフロアに出ていて、部屋には二人きりだった。自販機で買ったコーヒーを朝陽の前に置いてくれたので、ありがたく開ける。マネージャーは自分のコーヒーのプルタブに指をかけながら、悪いね忙しいのに、と眉を下げた。

その言い方に随分心がこもっているように朝陽の耳には聞こえ、嫌な予感がした。マネージャーとは長い付き合いだ。バイトを始めた大学二年の時には、もうこの人がＰＡＬマッシロストア店の担当マネージャーだった。顔は見たことあるけど名前は分からないという距離感だった人で、入社が決まった大学四年の夏に改めて挨拶をしたら、「前から頑張ってるなと思ってたよ」と返され、その白々しさに感心したのを覚えている。社会人になったらこんなふうに話さないといけないんだ、と教示を受けた気持ちがした。

マネージャーの胸元に視線を向ける。現場スタッフが付けている四角いプラスチックのネームプレートはない。代わりに、首から青い紐で下げるタイプの名札を持っている。名刺サイズの紙が中に入っていて、それは現場スタッフのようなカタカナ表記ではない。〈株式会社ＰＡＬゲームズ　エリアマネージャー　木村劉岩〉と書かれている。リュウガン、と読むのだろうか。読み仮名がついていないので分からない。木村さんというのか。朝陽はマネージャーのことを木村さんだと思ったことがなかった。当然名前は聞いていたはずで、でもここにいる誰も、この人のことを木村さんと呼んでいるのを見たことがない。陰口をたたく時だって「マネージャーむかつく」と役職名で呼んでいた。

「木村さん」

確認するように、思わず名前を呼んでしまうと、マネージャーは頷いて、

「いやーでも、ほんと、まさかナガイさんが作家になるなんてねえ。アルバイト時代から知ってるから余計、変な感じするよ」

と打ち解けた雰囲気で話す。まさかナガイさんが、と言われるほどこの人に知られていることがあったか、と朝陽は驚くが不快ではない。もっと知られていないと思っていた、という驚きだけが淡く残る。いつから書いてたの、へえ学生時代からずっと、仕事始めてからも、ああ夜とか休日に書いてたんだ、休憩時間中もよく本読んでたんだって、え、あアルバイトさんたちから聞いたんだけど、ふうん、いやーすごいね。

「それでお話って？」

時間を取られることよりも、自分の話でマネージャーの時間を取っていることに耐えられず、遮るようにそう切り出す。感じが悪かっただろうか、と恐ろしくなるがマネージャーは気にしていない様子で、「うん、実は」と背もたれから体を離して座り直した。

「ナガイさん、広報の仕事に興味はない？」

「広報ですか？」

新しい筐体《きょうたい》が入る予定があっただろうか、とこの先のスケジュールを思い浮かべる。ゲーム筐体の大きな入れ替わりはないはずだったが、なんのプロモーションだろう。話題の

ゲームがリリースされる時、その広報はゲーム制作会社が主体、ＰＡＬは協力という形で展開されることが多いが、現場社員である朝陽がそれに携わることはない。せいぜい、ＰＡＬの本社にいる広報担当の指示どおり、現場でポスターを貼ったり、定型の案内放送を入れるくらいだった。それだって、今は放送もプロの声優やナレーターに依頼して録《と》ったた音声を決まった時間に繰り返し流すので、バイト時代にやっていたように現場の人間がマイクを持ってパフォーマンスすることはほとんどなくなり、実際にはポスター貼りばかりだ。

「そう。異動じゃなくて、基本的には今のままマッシロストア店勤務なんだけど、月に何度か用事がある時だけ本社の方に出てもらうっていう形で」

「用事？」

「そうそう。本社の方には応接室とか会見用の部屋があるでしょ、ＰＡＬのロゴが入ったカーテンがかかった……見たことない？　新作ゲームの発表とかしてるの。広報誌にもたまに載ってるんだけど。そっちの方で、取材とかは受けてもらって」

「取材？」

「ナガイさんの小説の」

朝陽は息を潜めて、じっとマネージャーの顔を見つめた。目をにこにこさせている。こんな顔だっただろうか。髭が生えている、と気付きたくないところに目が行く。一ミリにも満たない長さだが顔の下三分の一の範囲に無数に生え広がって。

わたしはわたしなのだっけ、と朝陽はふいに考え、けれどその思考が伸びるよりも前に、小説の地の文みたいなことを考えてしまったなとおかしい。小説の地の文は、登場人物の台詞には出ない内面を書くところだから、小説の地の文みたいなことを考えたのではなく、心の中で考えるという経験が先のはずなのに、朝陽は小説の地の文みたいなことを考えてしまった、とそれに捕らわれてもう先に進めない。

「小説の取材は、出版社で受けることが多いんですけど、あの、担当の編集さんも同席してくれて。なのでＰＡＬには……来ないと思います」

「ああ、それはね、そうかもしれないんだけど。なんていうのかな」

マネージャーは考え込む顔をしていたが、今この場で朝陽にさせることを考えているわけがなく、マネージャーの更に上の人、朝陽は会ったことがない本社の人たちから指示が出ているはずで、マネージャーが今考えているのはそれを朝陽にどんなふうに伝えるかということだった。朝陽は頭の中でいくつかの言い回しを思い浮かべて、マネージャーの言葉選びのことだった。マネージャーは朝陽が考えた二つ目と三つ目の言葉で、次のように説明した。

「ナガイさんは早見有日さんっていう名前で小説を書いているわけだけど、早見さんっていうのはあなたの小説を読んだ人にとっての、あなたの名前で、どんな人なんだろう、普段なにをして、どんなふうに生活をしているんだろうって興味を持たれるのは、今ここにいるあなた、つまり、ナガイさんなわけだから、そのナガイさんがＰＡＬに勤めてるって知ったら、その働きを知りたいっていう人もいると思う。それに社内の人間にとっても、同じ会社で働く同僚が小説家の先生になったなんて名誉は、励みになるし。そうだね、そっちの方が大きいかもしれない。対外的にどうこうだけじゃなくて、社内に向けての発信というか。そういう広報を担ってほしいと考えていて。それに、ナガイさんにとってもその方がいいと思うんだよね。落ち着いて働いてほしいし、ナガイさんの力になりたいと思ってる」

嫌だということを伝える言い回しが、ざっと十種類以上は心に浮かんだはずなのに、それが頭を通って声になって出て行くまでのどこかで、厳しく遮断されていた。きゅっと、喉を細い指で締め上げられたような息苦しさを感じる。細い指は多分女の人の指だった。目の前に座るマネージャーは男性なのに。

朝陽の驚いた顔を見て、急な話だったよね、まあちょっと考えてほしい、と優しく言い聞かせるように付け加えると、マネージャーは空になったコーヒーの缶を手に取って立ち上がった。つられて朝陽も立ち上がったが、「今日はもうあがりでしょ。お疲れさま」とほほ笑んで座るよう促される。マネージャーがフロアへ出て行き、朝陽はほとんど中身の減っていない缶コーヒーを両手で包むようにして持ち上げた。熱くはないがまだ温かい。

集中して小説を書く時、舌がからからに乾くことがある。お茶や水やコーヒーを手近に置いて、ちょくちょく水分補給をしながら書くので、喉が渇いているわけではない。つい十分前に水を飲んだはずなのに、舌が痛いほど乾いているのだ。口の中でぎゅっと、舌から水分を吸い上げるみたいに固くしぼってしまう。口を開けて鏡で見ると、舌の両サイドに歯列の痕が残り、舌全体が白く血の気が引いている。多分今も舌がそんなふうになっているだろう、と考えながら朝陽はコーヒーを飲む。からからになった舌に、コーヒーの黒い液がしみていくイメージが頭に広がった。舌がたぷたぷに満たされ、余分のコーヒーは喉ではなく歯と歯の間に溶けてなくなっていく想像。呼吸が浅くなっている、と気付く。朝陽はコーヒーの缶をテーブルに置いて、左手を胸にあてた。深く息を吸うと、肺ではなく喉が痛んだ。

幸田さんから〈上野駅前で車が何台もからむ事故があったってニュースしてるけど大丈夫?〉と、真っ青な顔の絵文字付きのメールが届いた。〈うちは上野全然近くないんで、大丈夫でした。〉と返信しようとしてためらい、文末の〈。〉を消して、代わりに目がうるうるになっている顔文字を付けた。ヒュンッと空気を切り裂くような送信の効果音が鳴ると同時に画面を消し、けれどすぐにまた点けてYouTubeのアプリを開いた。

鍋で鶏もも肉とチンゲン菜とうどんを茹でながら、夕食の間に流し見するための動画を検索しているとチャイムが鳴った。インターフォンの画面には宅配便の配達員らしい制服を着た男性が映っていた。なにか通販で買ったんだっけ、と記憶をたどりながら朝陽が応答すると、「デンポウです」と言われて面食らった。デンポウというのが電報のことだと、使ったことのない言葉なのに瞬時に頭の中で変換され、〈レンラク　コウ　シチコクヤマ〉と『となりのトトロ』で母親の入院する病院から受け取った電報が、サツキの声で再生される。電報なんてそのイメージしかない。誰かに不幸があったのか、と一瞬考えるがそんなわけがない。動画検索のために握りしめたままだったスマホには、誰からもなんの連絡もきていない。家族や友人が倒れたなら、こちらで連絡がくるはずだった。

鍋の火を止め、玄関のドアを開け体を半分外に出して待っていると、エレベーターで配達員が上がってきた。朝陽の姿を認めると小さく会釈して早足で近付き、「電報をお届けします」と言って白い封筒を差し出した。朝陽は困惑したまま宛名に自分の名前があることを確認し、受け取りのサインをした。部屋に戻ってすぐ封筒を開くと、中から出てきたのは白地に桜の絵が描かれたメッセージカードだった。

〈この度は、栄誉ある文学賞の受賞、そして単行本の刊行、誠におめでとうございます。〉という文面に面食らい、メッセージの一番下に印字された差出人を見てひゅっと喉が閉まった。〈市長　畠山田信彦〉

「市長」

一人きりの部屋で思わずつぶやく。そこに書かれた地元の街の名前を見つめる。体がぐっと重たくなった。母ではない。父でもない。祖父母でもない、と思う。朝陽が一人暮らしをするこのマンションの住所を知っている人たちの顔を次々思い浮かべては消す。帆奈美は遊びに来たことがあるけど駅まで迎えに行ったから住所は伝えていないし、そもそも人の住所を勝手に教えるような人ではない。でも他に誰が。犯人捜しをしている朝陽は、一番に考えるべきことに遅れて気が付く。どうして市長が朝陽の小説のことを祝うのか。十八で出てきた街。いつかまた住むことがあるかもしれない、と半分冗談のように思うこともある。このまま仕事を続けたり、小説を書いたりしている間は、おそらく住むことはないけれどいつかは。なんの所縁《ゆかり》もないどこかに住むよりは可能性が高いという程度だったけれど、こんなものが届くんだったら、思い出も記憶もひとつもない、よその街に住んだ方がいいに違いない。

胸の内にわいた熱く勢いのある感情に困惑しながら、目玉に涙の膜がはるのを感じ、そのことに動揺してしまう。こんなにも強い嫌悪の根拠になるような子ども時代ではなかったはずだ。人並みに嫌なことがあって、思春期にはままならないことも後悔したこともあったけれど、それは朝陽がどこで生きていたとしても起こり得たことだから、あの街のせいではなかった。そんなにひどい子ども時代でもなかった。憎む、という言葉が当てはまらない程度に軽い気持ちしかないはずだった。自分の苛烈な感情の根拠が分からなくて戸惑う。

誰かが、朝陽の住所を市長に伝えたのだ。それは決して悪意ではなく、朝陽がそれを名誉なことだと喜ぶと思って、そうしたのだ——考えると、体から力が抜けていく。自分にはなにも書けないんじゃないか、とそんなことが頭に浮かぶ。朝陽がなにに喜び、なにをわずらわしいと思うか、住所を知っているほど近しい人間にすら理解されていない事実が、頬を張られたような痛みを伴って迫ってきた。

鼻から吸った息が驚くほど熱く感じられて、火を消した鍋のことを思い出す。火をつけなおそうとして、表面に浮かんだ鶏の脂が目に入り、あれを飲むのかと思うと急に胸やけがして嫌になった。鍋をそのまま放置してリビングの椅子に座る。スマホで市役所のホームページを開いてみる。念のため市長の名前を確認すると、確かに畠山田信彦だった。写真も載っている。なにがおもしろいのか満面の笑みで、歯まで見せている。ふいに、出版社で著者近影を撮った時のことを思いだす。頭をもうすこし右に曲げて、そう、そう、そう、笑って、そうですね、もうすこし笑って。頬の筋肉ひとつ、眉の高さひとつを、調整して撮られたのだった。市長の写真もそうして整えられて撮られたものなのかもしれない。〈住みよい町、一人ひとりが幸せを実感できる町へ〉というスローガンが藍色の太字で添えられている。

この人になにが分かるの。朝陽は怒りを感じながら、画面を強くタップしてその男の顔を消す。そもそもデビューした新人賞の受賞から半年も経っている。本が出たのだって一か月以上前だ。テレビだ。テレビで紹介されたからだ。デビューがすごいのでも、本が出たことが喜ばしいのでもない。テレビに出たのがすごいのだ。思わず舌打ちをしてしまう。それから手癖でSNSのアプリを開いた。自分の不機嫌を流すように上から下へ素早くスクロールする。目に留まったのは同級生の投稿だった。

〈早見有日先生の本買ってお祝い！　本人いないけど！笑〉

高三で同じクラスだった女の子たちが四人、スペインバルふうの店でワイングラスを掲げて写っている写真だった。〈めでたい〉〈ほんとめでたい〉と寄せられているコメントを辿っていき、〈どんな子だっけ？　彼氏いた？〉〈彼氏覚えてないな。いなかったかも？〉

以降は追うのを止めて、写真の表示に戻った。

彼女たちと最後に会ったのは、多分、成人式の日だ、と型どおりに心の中でつぶやいてみるがそれは嘘だ。四人のうち二人とは、大学を卒業した年のお盆に、地元のショッピングモールですれ違った。朝陽は母親の買い物に付き合っていた。二人は随分とおしゃれをしていて、朝陽にしても地元のショッピングモールでは知り合いに会う可能性が高いと分かっているので近所のスーパーに行くような服装ではなかったものの、服だけでなく化粧もヘアセットもヒールの高い靴までも完璧に揃えた彼女たちには物おじした。母親と歩きながらだいぶ遠くまで見渡して警戒していたので、この二人の存在には早くから気づいていたのだけど、声をかけるか悩んでいるうちに二人との距離がどんどん近付いていき、とうとう目が合ってしまった距離で、「あ、」と声が漏れたが、相手も「あっ、あー」と声をかけるというよりは漏らしただけで、朝陽は「久しぶり」と自分では言ったつもりだけど、二人は「あー、ねー」と笑って通り過ぎて行った。朝陽が隣の母親を意識しながらさりげなく振り返ると、二人は服屋のマネキンを指さして「これ欲しい」とかそういう話をしていた。話題にもされない安堵が腹から上って来る。無視をされたわけでも嘲笑されたわけでもない。ただ「あ」と「ね」だけで通り過ぎるのが正解の距離感だった。

写真に写る四人のうちの残りの二人とは、ほんとうに成人式以来会っていないのだけど、そもそも成人式では同じ場所にいたというだけで会話はしていないから、「会った」という意味では高校時代が最後で、でもその高校時代だって「あ」と「ね」以上の関係はなかった。四人は明るくて、楽しそうに過ごしているように見えて、そういう子たち特有の優しさと寛容さがあって、朝陽のように人畜無害な存在には親切だった。夏風邪をひいてしまい、高三の夏休み中にあった受験対策の特別講座の最初の二日間を休んだ朝陽が、別のクラスメートから欠席分の資料をもらっている時に、「風邪大丈夫？　これあげるよ」とポケットから取り出したのど飴をくれたのも、この四人のうちの一人だった。「わたしもすぐ喉痛めちゃうんだよね」と労《いた》わるようにほほ笑んでいた。あのことを、朝陽はとっくに大人になった今でも時々思い出す。時々というか、風邪をひいたり、ちょっと喉がいがするなといった時には必ず思い出す。ノートのコピーを取らせてくれた当時の友だちのことは思い出さないのに、クラスの真ん中できらきら笑っていた彼女たちに、気まぐれに優しくされたあの一回だけのことは何度も。

SNS上ではコメントのやりとりどころか、リアクションを返すボタンすら押したことがなかったけれど、フレンド一覧から削除されることなく、形の上ではつながり続けていた。けれど、それはスマホの連絡帳に絶対に連絡することなどない、連絡できるわけがない距離になった無数の人たちのアドレスが登録されたままになっているのと同じで、つながってはいるけれど、その管の中は灰色のずもずもしたものが詰まっていて通れない。

朝陽は笑顔で写る四人の写真の、彩り鮮やかなタパスが並ぶテーブルの端に、自分の本が載っているのを見つけ、写真のすぐ下に設置されているハートマークのボタンを押す資格を得たような、あるいは、押さなければならない責任が生じたような、息苦しさを感じて、それは気持ちだけではなく実際に息が苦しく体に表われて、心臓に左手を添えたまま、大きく息を吸って、吐いた。肩が大きく上下するのに合わせて、人差し指の先だけをわずかに下げて画面をタップした。すぐに目を強くつむって、そのままなにも見ないで画面を消した。息が苦しくて、朝陽はノートに手を伸ばす。黒のボールペンで「息が苦しくて」と書く。息、の漢字が妙に整って書けていて、それに対して「が」は大きすぎたし左に傾いていた。ふっと音を立てて息を吐き、もう一度「息が、どうしても苦しくて」と書いた。それから息を吸って、「ハートのボタンを押してしまったことを、」と書き始めた。体がお腹を空かせている、と頭の隅で考える。

＊

帰宅したのは午前三時頃だった。泊まっていけば、とアキに言われたけれど、明日は一限から授業なので帰ることにした。五時間は寝られる。

深夜の道は誰も歩いていなくて、中華料理屋の入口もさすがに閉じられていた。駐車場からアパートを見上げると一階の右端の部屋だけカーテンから明かりがもれていたけど、それ以外は全部暗くって、よく明かりを点けたまま寝てしまうわたしは、そのきちんと夜の姿になっているアパートを感心した気持ちで眺めた。

アパート入口のぼろくて重たい扉を、体を押し付けるみたいにして開くと、人体感知式の照明が点いた。前のめりの姿勢で階段を一段飛ばしで登る。部屋の天井が低いから、三階まで登ってもそんなに疲れない。階段を登り切ったところで、廊下の照明が点いているのに気付く。階段と一緒で、夜十一時になると照明が常灯から人体感知式に切り替わるから、真っ暗なはずだった。この時点でもしかしてと思った。階段から続く廊下を右に曲がる。わたしの部屋の前に座り込んでいる息子の人がいた。

「そういうの止めてよ」

うんざりした声が出る。息子の人が立ち上がった。

「こわいから、まじで」

「こわくないでしょ。ごめん」

「中、入れないよ。どいてよ」

「外でいいから話しましょう」

廊下に声が響く。この人、わたしが今日帰ってくるかも分からないのにずっといたんだ。もしアキの部屋に泊まってたら、大学にもそのまま行ったかもしれないのに、そしたら昼過ぎまで帰ってこなかったのに。考えて、ぞっとする。おかしいんじゃないのこの人。

「話すこと、ないよ。別れたでしょ」

「別れてないですよ。ちゃんと話しましょう」

「こんな時間に話すことなんてないよ」

「あります」

「うるさいなあ。警察呼ぶよ！」

怒鳴ると、息子の人は目を見開いた。びっくりした顔。

「警察呼ぶ、おかしいですよ」

急に静かな声だった。傷ついてる？　傷つく方がおかしい。こんなの。それともびびってんのかな。鞄からスマホを取り出して、電話の発信画面に110と打ち込み、息子の人に画面を向けて見せた。息子の人はちらりとそれに目を遣って、

「呼んでも、ぼく悪くないですから、あなたが怒られますよ」

とじっとりとした低い声でつぶやき、その場に座り込む。

「座らないで。帰ってよ」

「親には彼女の家に泊まると言いましたから、帰れないですよ」

「なにそれ意味分かんない」

わたしは、発信ボタンを押していた。すぐにつながり、「事件ですか、事故ですか」と尋ねられる。「事件の方です。多分」と答えるわたしを、息子の人が信じられない、という顔で見つめ、なにかをつぶやいたけれど、中国語だったから、なんて言っているかは分からなかった。


駆け付けた警察官に連れられて、息子の人は中華料理屋に帰って行った。

「ぼくは悪くないでしょ、この人おかしいよ、警察呼ぶのはおかしいです」と訴えているのが聞こえたけれど、息子の人の倍ほども厚く見える胸板がある男性警察官は「はいはい」と聞き流しただけだった。「なにかされたわけではない？ 体を触られたりも？ 腕も摑まれてないですね。え？ あそこに見えてる店の人なの？ あなただめでしょこんな近所の人にそんなさあ、お店続けられなくなっちゃうよ」と最後の方は息子の人の方を向いて話していた。

「お店関係ないでしょ。ぼくと、この子の話でしょ」

なおも言い募る息子の人の視界を遮るように警察官が目の前に立ち、「じゃあ、送っていきますから」と言って連れて行った。

もう一人残った女性警察官が調書を作るというので、名前や連絡先を聞かれるままに答えた。なにがきっかけで付きまとわれていますか、と尋ねられ、わたしは精一杯悲しそうな顔を作る。

「あそこの中華料理屋に、友だちとごはんを食べに行ったんです。そうしたら、君たちかわいいからタダにしてあげるよって言われて。そんなのってないし、気をつけなきゃいけなかったんですけど、バイト代が入る前で生活費が厳しかったこともあって、つい甘えてしまって……その次の日から、付きまとわれるようになって。朝、大学に行く時に声かけられたりして」

「なるほど、そうなんですね」

「ごはんタダで食べれてラッキーなんて思ってないで、ちゃんと気を付けてればよかった」

「うん、分かりました」

カチャッと音を立てて、警察官がボールペンの芯を引っ込めた。わたしは「ありがとうございました」と頭を下げて、いえいえそれではお気をつけて、と言い残して去っていく警察官が階段の方に曲がって見えなくなってから、鍵を開けて自分の部屋に入った。

スマホで時間を確認したら、もう四時を過ぎていた。全然寝られないじゃんとむかついて、舌打ちが出る。顔を洗って着替えて、明かりを消して布団の中で、グループＬＩＮＥに〈中華に待ち伏せされてたから警察呼んだ笑〉と送った。一分、二分ほど待ったけれど、みんな寝ているのか既読は付かず、わたしもいつのまにか眠っていて、ポロンッてメッセージが届いた音で目を覚ますと、あっという間に七時半になっていた。

一瞬しか過ぎてない感覚だけど、三時間半は寝ていたらしい。あと十五分は寝ていられる、と意識を手放そうとしたところで、〈えっやばいじゃん。さすがに笑えない。大丈夫？〉というメッセージが目に入ってきたので目をこすり、もう一度読み返す。アキからだった。画面を見つめている間に更にメッセージが届く。〈今家？　今日一限一緒じゃんね。迎えに行ったげるよ〉

ぶわっと涙が出てきたのでびっくりした。目の奥がきんってなる。じんわりした涙じゃなくてざわざわって溢れた。わたしたちってちゃんと友だちだ！　叫びたくなる。ぎゅっと体を強く丸めて、それから体を起こして、〈こわかったよおおおお迎えきてほしいすまん〉と返す。すぐにＯＫのスタンプが返ってきた。

こわかった、と文字で打ってみたらほんとうにそうだった気がしてきた。こわかったのかもしれない。その気持ちは布団から出てシャワーを浴びて、自分の体を伝っていった水がじょろじょろと排水口に吸い込まれていくのを見ている間に増幅していった。

アキから〈今から家でるー〉とＬＩＮＥがきた。アキのアパートからうちまでは歩いて七分くらいだ。すぐ来るなあと、窓から外を見たら、駐車場に息子の人が立っているのが見えた。中華料理屋の前じゃない。細い道を渡った、うちのアパートがある敷地の駐車場の真ん中あたりに立っている。こちらに背中を向けているので顔は見えないけれど、朝八時半でまだ店も開いてないんだから、わたしを待っているのに違いなかった。

こわい、と自分の口から声が漏れる。泣きそうな声だった。わたし、こわいんだ。そりゃそうだよね、こわいよね。「そりゃそうだよね」とこれも口に出して言ってみると、目に涙がにじんだ。こわい。

アキに〈来ないで〉とメッセージを送る。〈外に中華がいる〉〈駐車場のとこ、たぶん待ち伏せされてる〉〈危ないからアキ、来ないで〉立て続けにそれだけのことを送ると、すぐに既読が三つ付いた。〈やばいってまじで〉〈警察呼ぼうよ〉とアキと同じく心配だというメッセージを送ってくれていたウイとミリからの返信があって、画面がぱっと切り替わったと思ったらアキからの電話だった。

「もしもし？　今向かってるっていうかもう着くんだけど」

「どこ?」

「もう中華料理屋見えてる。道には誰もいないけど」

「アパートの駐車場にいる。危ないよ」

電話で話しながら、わたしも部屋を飛び出した。一階まで階段を駆け下りると、玄関のガラス扉の向こうに、アキと息子の人が対峙しているのが見えた。とっさに、手に握ったままだったスマホのカメラを起動して、録画を開始する。

「もう来ないで!」

と叫びながら外に出ると、涙がばっと溢れた。こわいこわいこわい。

「撮ってるよ、これ証拠だよ。もう来ないでよ」

泣きながら怒鳴ると、声がぶれぶれに震えていた。アキが「ほんとだよ、あんためっちゃこわいよ」と向こう側から怒鳴る。息子の人は、わたしを見て、アキを見て、もう一度わたしと、わたしの手にあるスマホのカメラを見た。

「あなたたち、おかしいですよ。警察呼んだのもおかしいでしたよ。ぼく悪いことしてない。あなたと話したかったと言いました」

「話すことないよ、やめてよ」

「話すことないのが、おかしいですよ」

「わけわかんない！」

道側に立つアキの後ろから、自転車に乗った警察官が二人、駐車場に入ってきた。

息子の人が驚いた顔でそちらを見て、体を硬直させる。わたしはその隙に全力で走って、息子の人の脇を通り過ぎてアキと警察官のそばに行った。アキがわたしの名前を呼んで、腕をからめてくる。

警察官は男性と女性だったけど、昨日の夜来てくれた二人とは別の人だった。男性の方の警察官が、息子の人に近付いて腕をつかむ。息子の人は、警察官が近付いて行っても、顔はこちらに向けたままだった。ずっとわたしと、わたしの向けるスマホのカメラを見ていた。

＊

帆奈美から久しぶりに会おうよと言われて、反射的に嫌だと思ったし、反射が過ぎた後の時間に心の中を分析してもやはり嫌だという気持ちの方が大きいのに、小さく「会いたいかもしれない」があるだけで、朝陽はそれに抗《あらが》えない。気持ちは大きさで決定されるのではなくて、百の中に一でも「それ」があったらそれになる仕組みになっている。工場の検品みたい、とＰＡＬに就職してすぐ、研修期間に三日間だけ勤務した、筐体の検品場のことを思い出した。

約束した時間になっても帆奈美は来ていなかった。東京駅丸の内北口改札前で、駅舎天井のアーチを見上げて待っていたら、案の定〈ごめん、遅れる！〉とＬＩＮＥが届いた。遅れるじゃなくて遅れてるだけどね、と毒づくでもなく考え、帆奈美が時間どおりに来ることなどないのだから、自分も律儀に約束の時間のすこし前に待ち合わせ場所にいる必要はないのだと、帆奈美と会うたびに考えることをまた考える。けれど、人と約束をして自分が遅刻する方が朝陽にはストレスで、万が一帆奈美になにかあって時間どおりに来ていたらどうしようと考えてしまうと、わざと遅れて向かうなんてことはできない。それでも、他の人との待ち合わせは五分前、十分前には着くようにしているのだから、帆奈美の時だけ三分前に着くように向かうというのは、ささやかな抵抗でもあった。

〈先にどっか入っててー〉と帆奈美に言われるまでもなく、朝陽は駅前にいくつも並ぶレストランが入ったビルに向かって歩き出していた。まだ夜は肌寒い。スプリングコートの上から腕をさする。帆奈美はいつも「予約とかしないでいいよね。ぶらぶら歩いて、気になったお店入ろうよ」と言うけれど、だいたいいつも、こうして朝陽が一人で空いている店を探すことになる。木曜の夜十九時。どこの店も満席で、店の外に並んだ椅子に空き待ちの客が座っている。どうせこうなるんだから予約してから行こうよ。そう言えばいいだけなのに、帆奈美の「ぶらぶら店探すのって楽しいよね」という笑顔に押し切られて言い出せない。言い出せないまま、定期的に会っている。

比較的待っている客の少ない洋食屋に決めて、順番待ちの名簿に名前を書いた。列の一番後ろの椅子に座る。朝陽のすぐ前には三十代半ばの女性が二人で座っていて、まだ料理もお酒もないのに飲み会がスタートしているみたいに楽しそうに話していた。聞き耳を立ててるわけではないが、隣にいるので全部聞こえてしまう。仕事帰りに待ち合わせしたらしい。大学の時はさ、という言い回しが二回ほど聞こえたので、大学時代からの友人同士なのかもしれなかった。高かった靴が靴擦れがひどすぎて履けなくてかなしい、この歳にもなって自分の足の形分かってないとかやばい、分かってるけどめっちゃかわいくてその靴、どうしても履きたかったんだよ、いや結局履けてないくせに。

「仕方ないじゃん。めっちゃかわいくてそれが欲しくても、自分に合う靴しか履けないんだから」

みんな、こういう話をしているんだろうか。女性同士が二人や三人で話しているのを聞くと、朝陽はいつもよく分からない不安を抱く。自分はこういう話ができているだろうか。靴を買った、それのサイズが合わなかった、そんな話は、言ったり聞いたりできるかもしれない。靴擦れがひどくて痛いんだよね、というのも言えるし聞ける。この歳になっても自分の足の形分かってないのはやばい、はどうだろう。そこからは心の声になる気がする。自分で自分に思うことはできる。だけど相手に対して、結局履けてないくせに、が言えない。だってその子は、足が痛くなりそうだと分かっていても、その靴がかわいいと思って買っているわけだから。

隣の二人が声を上げて笑った。二人のさらに前に座っているスーツ姿の男性が、迷惑そうに二人の顔を見て、さっと目をそらした。朝陽はそれに気付いたが、女性二人が気付いた様子はない。列は徐々に進み、途中で諦めたのか他の店に空きができて移ったのか、列から離脱する客もいて、四十分ほどで朝陽が列の最前になった。後ろには二人連れが三組並んでいる。一人で待っているのは朝陽だけだった。

鞄に入れていた文庫本を開いたが集中できずにすぐ閉じ、スマホでYouTubeを開く。ホーム画面におすすめ表示される動画のサムネイルを下へスクロールしていく。「外人逆ギレシリーズ」と題された動画のところで、指が止まる。「なにキレてんだよ！」と赤色の太字が斜めに入った画面の後ろ側に、中身の入った二リットルペットボトルを頭上に振り上げている男性が映っていた。目元すら隠されていないその顔は、日本人にも、中国人にも韓国人にも見えた。見たくない、と反射的に思うのだけど、指はそのサムネイルをタップしようとしている。会計を終えた初老の夫婦が店を出て行った。そろそろ呼ばれるかもしれない。スマホを持ったまま顔を上げていたところに、帆奈美がやってきた。朝陽は帆奈美の方へ顔を向けたままサイドボタンを押してスマホの画面を消し、スカートのポケットへ滑り込ませる。帆奈美が「遅くなってごめん」の一言も終わらないうちに、タイミングよく店員に「お待たせしました」と呼ばれた。二人で連れ立って入る。待たせちゃってごめんね、ほんとごめん、と黄緑色のカーディガンを壁のハンガーにかけながら帆奈美は繰り返している。二人ともビールを頼む。

帆奈美はほんとごめんね、ともう一度遅れたことを詫び、勤め先の書店で、帰り際に上司に捕まったこと、その上司というのが最近他店舗から異動してきた四十手前の男性であること、その人のネクタイが量販店のスーツに浮くくらいおしゃれであること、を経由して帆奈美の仕事の話になる。朝陽がビールを一杯、二杯と飲み、三杯目でハイボールに切り替えたタイミングで、帆奈美は「そういえば」と取って付けたわけではなくほんとうにたった今思い出した様子で、「朝陽の本、まあまあ売れてるよ」と言った。

「あ、ほんと。よかった」

「うんうん。めっちゃ売れてるってわけじゃないけど、まあまあ。あれなら在庫残らないんじゃないかな。わたしが文芸書の担当だったらもっと展開するんだけどねー」

帆奈美は今、児童書と資格本の担当をしているのだという。朝陽の本の話はそれだけで終わって、話題は帆奈美の棚づくりのことに移った。

帆奈美は話し声が大きいので、恐らく両隣のテーブルの人たちにはこちらの話題が全部聞こえているだろうと思う。中にはあからさまに顔をしかめてきたり、帆奈美に対して小声で返し続ける朝陽に同情したような視線を向けたりする人もいた。馬鹿騒ぎしているわけではなく、ただ単に地声が大きいだけだから注意もしにくいのだろう。ましてやここはレストランというよりは居酒屋かバルに近い営業形態の洋食屋で、酔って大きな声を出す客も珍しくない。耳障りな爆笑を繰り返すグループよりも、ただの会話を大声でしているだけの帆奈美の方がましではあった。

帆奈美と話していると、朝陽は自分が消えていくような感覚があった。書店員をしている帆奈美はもちろん本が好きで、そもそも二人が同じ学校に通っていた中学・高校時代だけでなく、別々の大学に進学して就職した後も、現在まで関係を途切れさせずに親しくしているのは読書という共通の趣味があるからなのだけど、朝陽が小説家になっても帆奈美が態度を変えなかったことも、大きいのだと思う。本は好きだが、作家には興味がないタイプらしい。小説も漫画も作品が全てで、その作者がどんな人物であるかはどうでもいい。エッセイはエッセイで、作者の実話だけどある種の創作されたフィクションだと受け止めているし、と話していたのを聞いたことがある。「朝陽の小説読んだよ。おもしろかったけど、ここがこうで、ああで、そうだった」と感想を伝えられた時も同じだった。朝陽は朝陽、朝陽の書いた小説は小説、と別のものとして取り扱われた。

わたし「推し」って気持ちが分からないんだよね、というのが帆奈美の考えだった。帆奈美は小説が好きで、漫画が好きで、絵本や児童書も好きで、とにかく活字で書かれたフィクション全般が好きで、だから書店員になったわけだけど、推しはいないのだ。好きな作家はいて、この作家の本が出たら絶対に買って読む、ということはある。けれどその作家自身の性別や年齢や出身地や生い立ちや、趣味嗜好やライフスタイルに全く興味がない。いっそ知りたくない、と思っている。活字フィクションではないが映画やアニメも好きで、好きな俳優も好きな声優もいるらしいが、その俳優が出ている映画は演技がいいから見るだけで、俳優の私生活に興味はないし、新作アニメの配役が発表されて好きな声優の名前があればうれしいけれど、声優の顔はなるべく知らないままでいたいし、顔が見えなくても声優がラジオで自分のことを話すのは聞きたくないのだという。声優が歌って踊るイベントなどは論外だ、と以前真顔で話していた。帆奈美は書かれた言葉が、演技が、好きなのだ。アウトプットされた至高の部分だけを求める。それはなんだか、とても真っ当なことのように、朝陽には思える。

帆奈美は朝陽の小説家デビューの話を聞いて、いの一番に、ではなかったが二番か三番くらいには、「他の小説家と会っても、どんな人だったとかそういう話、しないでほしい」と釘を刺した。朝陽が「他の作家と会うなんてあるのかな。ないと思うんだけど」と期待を込めてつぶやくと、黙って睨まれたので、「分かった。もし会うことがあっても、余計なことは言わない」と約束した。書店員をしていたら、頻繁ではなくても販促イベントやサイン会などで作家と会うこともあるのではないかと朝陽は思っていたのだが、「うちみたいな中規模書店には来ないよ。そういうのは都会の大きい本屋か、選書に力を入れてるセレクトショップ系書店だけでしょう」とやや鼻で笑うように言われた。

嬉々として話し続ける帆奈美に相槌を打って酒を飲みながら、朝陽は、きっとこれからも帆奈美と会い続けるのだろうと考える。帆奈美の話の隙間を埋めるように、朝陽も自分の話をした。まあまあ忙しくしてること、職場の人たちにもお祝いされたこと、それから、マッシロストア店に勤務しながら時々本社にある広報に行くことになるかもしれないということ。マネージャーから話があった広報のことを聞いた帆奈美は、心底嫌そうに顔をしかめて、うげえと叫んで舌を出してみせた。その声がまた特に大きくて、周りから睨まれる。

「受けるわけ、そんなの。嫌だって言えばいいのに。客寄せパンダじゃん。朝陽と小説のことはなにも関係ないのに」

朝陽と小説のことはなにも関係ない、という言葉が引っかかって、相槌を止める。帆奈美はすぐに察したようで「ああ」と頷くと、

「小説を書いたのは朝陽じゃなくて早見有日でしょう。で、PALで働いてるのは長井朝陽。関係ないじゃん」

と当然のように言い放ち、勢いよくビールを飲んだ。その強さに流されるようにそうだね、と同意して朝陽もハイボールに手を伸ばしたが、これって流されてそうだねとか言ってる場合じゃなくて、もっと主体的に自分で、自分から考えなきゃいけなかったところなんじゃなかったか、とそんな気がして心がざわつく。

帆奈美の言うとおりだった。小説は早見有日が書いた。長井朝陽は関係ない。長井朝陽が勤めるPALももちろん関係ない。でもPALの人たちはみんな、長井朝陽が小説に関わりがあると思っていて、それで、そうだそれで、だから、喜んでいるのだ。早見有日が小説家になったことを喜んでいるのではない。同僚の長井朝陽が小説家になったから、喜んでくれているのだ。

今ここにいるわたしは誰だろう、と分からない。朝陽は朝陽のつもりだが、最近小説書いてるのと聞かれて、毎日なにかは書いてはいるよ、とついさっき答えていたのは早見有

日になるはずだ。朝陽は小説とは関係ない。小説と関係あるのは早見有日だから。

「朝陽、眉毛の形そんなふうだったっけ？」

トイレから戻って来た帆奈美が、椅子を引く手を止めて、朝陽の顔の上半分をじっと見つめた。

「え、どこか変？」

思わず手のひらで眉毛を隠す。化粧の仕方を変えたつもりはないし、今日もいつもどおり最低限小綺麗に見えるように装ってきたつもりだが、変なのだろうか。どくどくと強く鼓動を打つ胸の音が聞こえる。

「んー、うん、なんかちょっと変。なにが変なのか分かんないけど」

変、と断じられてすうっと体が冷たくなっていく。どうしてそんなひどいことを言うの、とつらく悲しく思う気持ちと、他の人たちもみんな変だと思ってるけど口には絶対にしなくて、だから帆奈美のようにはっきり言ってくれる友だちは貴重なんだ、と心を整理して感謝の形に整えようとする気持ちが、朝陽の中で一塊になってあった。

「朝陽、帰るよ」

いつの間にか帆奈美が立ち上がって、ハンガーにかけていた厚手のカーディガンに手をかけている。編み込みのハーフアップにした髪型がかわいい、と今更気付いたが口に出せず、ただの三つ編みをねじっただけではなく複雑な編み方のそれを、自分でどんなふうにしているのか聞いてみたかったが、帆奈美とはなんとなくおしゃれの話をしないできたので、聞きにくい。中学生の頃から帆奈美は服や化粧が好きで、朝陽はそうでもなかった。自分が興味を持ったことだけ尋ねるのは失礼かもしれなかった。朝陽は立ち上がって、帆奈美の真似をするみたいに、スプリングコートに手を伸ばす。

帰りの電車の中で、スマホを取り出して無意識に YouTube のアプリを立ち上げると、「外人逆ギレシリーズ」が表示されたままになっていた。外国人ではなく外人としているのは恐らくわざとで、シリーズということは、一回二回ではないんだろう。動画タイトルの下には八千回再生、とある。朝陽は画面を長押しして YouTube アプリの画面を消した。それからもう一度アプリを起動し直し、犬や猫の動画を流した。犬がお風呂に入れられている動画を見ている時、画面の上側にメールの到着を告げる表示があった。とっさに開くと幸田さんからだった。〈今日はチビを連れて隣町の公園に来ました。こっちの本屋にも、バッチリ並んでたよ～〉ピースサインの絵文字付き。それに、〈ほんと？　うれしいですー〉と最速の指捌《さば》きで返信し、YouTube に戻る。犬のお風呂動画を消して、「外人逆ギレ」で検索した。一番上に表示された動画の再生を開始する。イヤフォンの左右から、怒声と嘲笑が響いた。

＊

動画に映る息子の人の顔は、まさしく呆然としたって感じで、わたしたちは何度もそれを再生しては止めて、リピートして止めて、爆笑して見てた。この動画ちょうだいよと頼まれて、わたしはそれをグループＬＩＮＥでアキとウイとミリに共有する。もちろん、共有する前に、わたしとアキの顔は加工アプリを使って隠しておいた。

ウイが『ストーカー中国男やばすぎ』というタイトルでＳＮＳにアップしたその動画は、主にうちの大学の学生たちが拡散して視聴された。息子の人と中華料理屋の店名がはっきりと映っていたから、店にも嫌がらせがあったと聞いた。中華料理屋は潰れはしなかったものの、明らかに客が減ったしさびれた。しばらく閉まっていた期間もあったけど、わたしたちが三年生になる頃には営業を再開していて、なんだけっこうすぐだったなと思った。

店にはもう息子の人はいなくて、父親と母親とそれまで姿を見たことなかった娘らしい人の三人がいた。息子の人はよそに行ったのか、どこでなにをしているのかは分からない。

＊

週で一番忙しい土曜夜の最終シフトをこなして、二十二時半にＰＡＬを出た。朝陽はロッカーで制服から着替えた後、トイレに寄って、他の従業員とエレベーターに同乗しないで済むように調整した。最終シフトは朝勤シフトや夕勤シフト終わりよりも、飲みに行く流れになることが多い。終電まで二時間もないので、長時間拘束されることはないにしても、早く帰って小説を書きたかった。前に一度飲みの誘いを断った時に「ああ、ナガイさんは小説書かなきゃいけないもんね」と言われて以来、誘われる前に姿を消すようにしている。それはそれで、なんて思われているだろうとおそろしいのだけど、見聞きしないものは存在しないものだ、と言い聞かせるしかない。

一人で乗り込んだ従業員用エレベーターで一階まで降りる途中、鞄からスマホを出して見ると母からメールが届いていた。メールを開く前の一文だけプレビュー表示されている画面に、〈お父さんが足を怪我して入院しました〉と書かれているのが見えた。慌てて本文に目を走らせる。一階のリビングに敷いていたラグマットを二階の納戸に運ぼうとして階段を登っていた時、足を踏み外して転んでしまい、頭をかばって突き出した右手を捻挫し、着地の際に打った左足首が折れてしまったのだという。〈頭を打たなくてよかったです〉と母は書いており、そのとおりではあったけれど、最悪を最悪ではないと言い聞かせているだけのその言い回しに、不安が表れていた。朝陽はエレベーターを降りると、警備室にいる顔なじみの警備員にそれでも笑顔で挨拶をし、急いでマッシロストアから離れた。

大通りは車の音がうるさいので、駅とは反対方向の路地に進みながら電話をかける。

「お父さん入院って、大丈夫なの」

「明日、折れたところにボルトを入れて固定する手術をしてね、二週間も入院するんですって。大変ね。でも家だとお風呂も入れないし、二階の寝室までも上がれないでしょ。だから入院してくれてわたしは助かるんだけど」

「明日の手術って何時から？　わたしも行こうか」

「二時からだけど、来なくていいわよ。明日も仕事でしょ」

でも、と朝陽が言いかけたところで、「あっ」と母の方が声を上げる。

「だけど、骨折して入院するなんて滅多にないことだし、もしいろいろ知りたいなら来る？　病院も、外来は行くこともあるでしょうけど、入院棟の方って朝陽は入ったことないんじゃない？　手術を受ける同意書とか入院の書類も見たことないかもしれないし」

「行ったことはないけど、」どういうことなの、と尋ねる前に勢いよく、

「朝陽の小説のネタになれるなら、お父さんも骨折したかいがあるわよね」

と笑いを含んだ調子で言い放たれて、言葉に詰まる。そんな気持ちでは行かないよ、と答えたかったが、気持ちはそうではなくても、いつか小説に使うかもしれないのは事実だった。登場人物の誰かが入院するシーンが必要になった時、明日見聞きすることのひとつも使わないでいられるわけがない。ないのだけど、いつか書いてやろうと摂取しに行く気持ちが、今あるわけではない。

「そういうんじゃないけど、でも、行くよ」

朝陽はそう伝えて電話を切った。明日はマネージャーに事情を話して昼で早退させてもらおうと決める。朝勤シフトで十七時定時だけど、日曜なので普段だったらコアタイムの十九時頃まではフロアに残る。人手がいる曜日だけど、仕方ない。実家のある長野には新幹線を使えば二時間で帰れる。月曜は元々休みだから、一泊して戻ればいい。

路地をざくざく歩き続け、気付くと道の先に時々ＰＡＬの人たちと食べに行く中華料理屋が見えていた。今日も誰かいるかもしれないと思って避け、目の前にあった細い道を曲がると、そこは両側にみっしりと一軒家が立ち並ぶ行き止まりの私道だった。道の一番奥に石碑があるのが見えたので近づいてみる。お地蔵様だった。足元に水の入った小さなコップが置いてあって、中に死んだ虫が浮いていた。

病院の中にあるカフェテリアに入ると、奥のテーブル席で母が手を振っているのが見えた。

「悪いわね、仕事休んでもらって」

「平気」

「耳はなんともないの」

「なんともないよ」

昼は先に済ませたという母はコーヒーを飲み、朝陽はミートソースパスタを食べた。父の手術は三時間ほどかかるらしく、その間に入院に必要なものを買い揃えに行くことにした。

「下着やパジャマなんかはもう、病室に置いてきたのよ。タオル類はレンタルができるし。今日は暇つぶしになるものを探しておいてあげようと思って」

「お父さん、なにが欲しいとか言ってた？」

「パソコンがあればそれでいいとか言ってたけど。でもそれってずっと動画とかドラマとか見るってことでしょう？　二週間も入院するんだから、この機会に本でも読めばいいのよ。全然読まないんだから。朝陽、選んであげて」

母は小説はあまり読まないが、料理家のエッセイや、外国に住む日本人の暮らしを紹介するビジュアル本などを時々手に取る。父は活字全般が苦手で、小説も漫画も読まないし、新聞も得意ではないと言うので、よくそれで会社員ができるなあと朝陽は不思議なのだけど、仕事で使う書類の文章は読めるのだそうだった。

「お父さん、仕事も休まなきゃいけないよね」

「手術の後、体調が落ち着いたらパソコンでできる仕事はするって言ってたわよ」

父は飲料品メーカーに勤めている。その会社で扱っている商品は知っているが、父が毎日どんな仕事をしているのかは、そういえば分からない。パソコンがあれば病室でもできる仕事とはなんだろう。朝陽は、自分が入院したらPALの仕事はなにもできないけれど小説の仕事はできる、と想像する。

父は朝陽が小説を書いていることに特別無関心だ。初めの頃は嫌がっているのかと思っていたが、実家に帰省した時に母がしきりに「すごいすごい」と朝陽を誉めるのに対して、父が「また騒いで。うるさい」と、むっつりつぶやいたのを耳にして、ほんとうにただただうるさいと思っているのだなあと理解した。それはPALの休憩室でマネージャーから大学生の息子がアメフト部で熱心に活動しているという話を聞かされたマンベッさんが、マネージャーが出て行った扉を睨みつけながら吐き出す、「あーようやく行ってくれた」

と同じ成分の声だった。マンベツさんのような若い大学生と、定年も近い年齢の父がイコールで結ばれる違和感を超えて、うるさいのは嫌だもんな、と腑に落ちる。

母と二人で病院近くの書店に入る。町の小さな書店だが、普段本を読まない父に薦めるなら、ドラマ化している作品か、過去の大ヒット作のどちらかがいいだろうと思っていたので、むしろ探しやすくてよかった。レジ前の一番目立つ棚に置かれた、去年大ヒットしたテレビドラマの原作小説を選び、レジでお金を払っていると、店内を見回っていた母が戻ってきて、「朝陽の本、あったわよ」と嬉しそうに報告してきた。釣銭を渡す時に店員が朝陽の顔を確認するようにちらっと視線を向けてきたので、感じが悪くならない程度の早さで俯き、店を出た。ああいうの止めてよ、と母に言って、なんで？　と問い返されるのが面倒で、結局なにも言わなかった。

病院までの帰り道で、母から「次はどんな小説を書いてるの」と聞かれ、

「大学生の女の子が、中華料理屋の息子をおだてて奢らせたり、付き合ってすぐ別れて、話をしに来た中国人のその元カレを、警察を呼んで追い払ったりする、話」

へえー、と母はいつもより大げさな相槌を打った。

「おもしろそう。中国の人ってすぐおだてられたり、しつこかったりするじゃない。リアリティがあっていいかも」

おもしろくない冗談だろうか、とほんとうにそう思ったわけではないけど、そうであってほしい気持ちで母の方を見ないまま、言葉の続きを待った。

「それはもう書き終わったの?」

「いや、まだ途中」

「そう。がんばりなさいね」

励まされて、頷く。ちょうど病院に帰り着く。

持ち帰りの袋を断ったために手で持っている文庫本が、手の汗でしわになりそうで、親指と人差し指に力を入れてつまんで持ち、手のひらを本から引き離した。帯に『あなたも絶対に感動する!』と書いてある、家族ドラマの原作小説だった。朝陽はこの本を読んでいないし、ドラマも見ていないが、あらすじはなんとなく知っていて、多分父と息子が再会するあたりが泣けるんだろうなと思っている。そんなふうに、これは感動して読む本ですと示されていると分かりやすい。お母さん、わたしの本の帯に『中国人をこきおろそう』とは書かれないよ、と朝陽は言うべきなのかもしれなかった。

「っていうかむしろ、その中国人の男の人に対する大学生の態度がひどいんだけどね。書いてるところとしては」

入院棟に向かって歩く母の背中に声をかける。母は「えー」と声だけで笑い、「難しいことは分かんないわよ、お母さんは」と首を左右に振った。

朝陽は母の隣に並び、大学生の態度の方がひどいとしてそれがなんだ、と思う。作者がなにを考えて書いていたって、読んだ人はこっちの方がひどいとは読まないかもしれない。作品の中で「こちらがひどい側です」と説明書きがあるわけでもないし、表紙や帯で証明してくれるわけでもない。だからどんなふうに読んでほしいかなんて、作者に願う資格はない。あらすじを聞いて母があのように受け取ったということは、小説を読む人の中にもそう読み取る人がいるということだ。

母に中国人の知り合いはいないと思う。聞いたことはない。母の言う「中国の人」はどこからきたイメージなのだろう。聞きたいが、話し合いたくはない。それっておかしいよ、駄目だよ、と母にどんなふうに伝えたら受け取ってもらえるか。小説の言葉以外で人になにかを伝えようとするのは億劫で、難しいことだった。

朝陽と母はもう一度病院内のカフェテリアに入って、父の手術が終わるのを待った。手術は開始から二時間で終わった。術後一時間ほどして手術室から病室へ車いすで運ばれてきた父は、ベッドサイドに置いた文庫本を見るなり「こんなんいらん」と顔をしかめた。麻酔が切れたばかりとは思えない動きで腕を伸ばしてそれを摑み、傍に立つ朝陽の胸元に押し付けるように渡してくる。父がそんなふうにすることは予想できたし、喜んで受け取るわけがないと分かっていたのに、朝陽は心がささくれ立つのを感じた。期待もしていないことが、予想どおり失敗しただけなのに、どうして失望できるのか、朝陽は自分の心が不思議だった。

母が「もうほんとにお父さんは、せっかく娘が買ってきてくれたのに、ひどい」と大げさな溜息をついた。朝陽は、父のためというよりむしろ母にそうやって言わせてあげるために、この本を用意することになったのだ、と手の中の文庫本をなでながら考える。表紙の端が少し折れてしまったのを、爪に力を入れて直す。

＊

就活は三年になってすぐに始めた。秋くらいからでいいんじゃない、とのんきな顔でアドバイスしてきたゼミの先輩は、しょうもない田舎企業にしか内定をもらえていない。行きたい企業があるわけではないし、やりたい仕事なんて分からなかったけど、ここで失敗してたまるかという気持ちだけは強くあった。

就活生らしいスーツの着こなしやメイク、ヘアセットのセミナーに行って、大学で開催されるTOEICとSPIの対策講座に申し込んだ。学食の隅で食べ終えたうどんの容器をトレーごと隣の席に押しのけ、生協で買った秘書検定の問題集をぱらぱらとめくった。見た目も頭の中もどんどん更新されていく。アキたちと集まっても就活の話ばかりしていた。冬頃からは企業の説明会が始まって、みんながうちに集まることも少なくなった。グループLINEではしょっちゅうメッセージのやりとりをしているけど、直接会わないでいるだけで、わたしたちってちゃんと友だちだろうかと不安が重なっていく。一気にめちゃくちゃ不安になるわけではなくて、一枚一枚重なっていく感覚。何枚重なると、一度力を入れただけでは破れなくなるだろう、とそんなことを考える。

手あたり次第あちこちの企業を受けた。職種や勤務地で絞って受けた方が良かったんだ、と気付いたのは就活も終盤の四年になってからだった。気付いたところで、計画を立て直すには遅すぎたし、なかなか内定がもらえなくて焦っていて、その会社も、とりあえず聞いたことがある名前だし受けてみようと思って就活サイトから面接を申し込んだら、案内された面接会場があるのがその街だった。

東京から日帰りで行けなくもないけどすこし遠く、電車で行こうとすると、直通の路線がないから地図上は行き過ぎて戻らないといけないし、乗り換えも多かった。行って面接を受けて帰るだけになりそうだな、と一か所でも電車が遅延したら全部が駄目になるぎりぎりのスケジュールを思い浮かべて、げんなりする。食事をとる時間もまともに確保できなさそうだ。コンビニのおにぎりを道で立ったまま頬張る自分の姿を想像して悲しい気持ちにもなった。車があれば高速使ってすぐなんですけどね、とバイト先でぼやいていたら、先輩バイトから車を借りられることになった。

・っていう流れにしたい

・バイト先、ショッピングモールだと広すぎるから変更

・車種なにがある？　調べる

車はバイト先の七つ年上の先輩に借りた。「もうすぐ三十歳だよ」がここ数年間の口ぐせになっている女の人で、実家が多分一生働かなくてもなんとかなるくらいお金持ちなのに、ホームセンターでアルバイトをしていた。家具売り場とペット用品が隣接しているあたりの妙に統一感のある消毒の匂いが好きだ、と話しているのを聞いたことがあるけれど、いかにも取って付けたような理由だった。

わたしは主にレジの担当で、空いている時間は日用品の品出しをしていた。先輩は当時いたアルバイトの中で一番勤務歴が長く、七、八年勤めていて、端から端まで全部見てまわると小一時間はかかるくらいの広さがあるフロアの、どこになにがあるのかを社員より

も覚えていたので、品出しや整理、商品案内を担当していた。壁紙や電球や台所用品が得意なの、と胸を張って言う人だった。

先輩に借りた車はシルバーの軽自動車で、車種は聞いたと思うのだけど覚えていない。まるっこい見た目をしていた気がするけれど、外から眺めた時間より運転していた時間の方が長かったから、どちらかというと運転席の方を覚えている。実家に帰省すると母の車を借りて乗ることがあるけれど、先輩の車の方が広く感じた。母の車も軽だけど、同じ軽でも違うのだと知った。速度メーターが光るタイプでおしゃれだった。エアコンの風が出てくるところにムスクの芳香剤を付けていた。甘く、くすぶったにおいが、助手席に置かれた毛足の長い絨毯で作ったようなえんじ色のクッションに染み込んでいた。窓を薄く開けて匂いを外に逃がしながら車を走らせた。

その街を訪れたのは初めてだった。東京からも大阪からも離れていて、海が近くて、高い建物が駅前にしかない、田舎と言い切るほど田舎ではないけれど活気はない街。活気がある街より過ごしやすそうだと思った。

面接を終えたのは夕方で、まだ外は明るかった。観光できそうなところも観光をするお金もないので、まっすぐに帰ろうと、高速インターの方角に向かい、信号待ちをしている時に、ふと歩道に立って信号待ちをしている男の人が目に付いた。

初めに見えたのは後ろ姿で、のっそりと高く、猫背というほどではないけれどしゃんと伸びているわけでもない背中に、なんとなく見覚えがある気がして見つめていると、その人がさっと車道の方を向いた。その横顔にやっぱり見覚えがあったけど、すぐには誰だか分からなかった。信号が変わってアクセルをゆっくり踏み込む。その人を追い抜いて過ぎ去る時、視界の端にトレーナーのオレンジ色が印象を残した。数秒経って分かる。それは息子の人だった。

速度を落として道の端に寄り、慎重に車を停める。サイドミラーで確認すると、その人はまっすぐこちらへ歩いて来ていた。鏡に映る姿でやっぱり息子の人だと確信した。こんなに小さな鏡に映った姿であの人だと分かるのは、思い出深いからではなくて、SNSにアップされたあの動画を何度となく見て記憶が定着しているからだった。爆笑の記憶。息子の人が姿を消した後もしばらく、アキたちと飲む時は儀式的に毎回流して笑った。就職活動を本格的に始めた頃から、いつの間にか見なくなっていた。飽きたのもあるし、就活で使っている脳と、息子の人のこととかそういうのを爆笑する脳は、別の方向を向いて動いている感じがあって、両方を同時に摂取するのが気持ち悪かったからだった。

息子の人は手にビニール袋を下げていた。コンビニの帰りだろうか、とその気軽そうな様子を見て考える。サンダルを履いている。近くに住んでいるのかもしれない。手元のボタンを操作して、助手席の窓を全開まで開けた。シートベルトを着けたまま体を捻《ひね》り、振り返った体勢で息子の人が近付いて来るのを待っていると、車まで後二メートルくらいの辺りで、息子の人が車の中にいるわたしの顔を見て、目を大きく開いた。すぐにわたしだと分かったのだ、ということにまず驚く。息子の人が助手席の外に立ち、窓を覗き込んだ。

「なんでここにいますか」

警戒した声に鼻白む。

「就活で。あなた、今ここに住んでるの」

「いや……」

息子の人は言い淀み、手で顎に触れた。腕にぶら下げたビニール袋ががさがさ音を立てる。話すことなんてないのだったと思い出し、車を停めてしまったことを後悔する。そうだ、どうして話しかけてしまったんだろう。

「話しかけてごめん。帰るね」

「帰るのは、前と同じアパートのままですか」

「そうだけど」

「じゃあぼくも連れて帰ってくれませんか」

「はあ？　え、なんで」

「帰りたくて」

息子の人はそう言うと、窓から手を入れて、ビニール袋を助手席に置いた。ちらりと見ると、ペットボトルのお茶が一本とおにぎりが二つ入っていた。息子の人はドアの前に立ってわたしを見ている。わたしは今真顔だな、となぜか急に自分の表情のことを意識する。

「いいよ」

とわたしは許して、助手席のロックを解除した。今日帰ってからか明日か、久しぶりにうちで集まってお酒飲もうって、アキたちに連絡しようと思った。セミナーや面接やグループディスカッションで上品ぶったもの言いを繰り返しているせいか、爆笑が足りなかった。この頃は頭の中で使う言葉まで上品になってきている気がして、たまらない。ちょうどよかった。おもしろい話ができた。リクルートスーツの下で固まっていた肩の力がすこし抜けた気がした。

だけど結局、わたしは息子の人を連れて帰れなかった。

高速道路を走ってしばらくした頃、トイレに行きたくなってパーキングエリアに入った。トイレとコンビニと、うどんやカツ丼を出すごはん屋しかない、小さなパーキングだった。車からは二人とも降りた。トイレから出て辺りを見渡したけれど息子の人は見当たらなくて、トイレ長いなと苛立ちながら、買う気もないコンビニに入って待った。だいぶ待ったけど、息子の人はトイレから出てこなかった。

二十分を過ぎた頃に、さすがに長いと思って電話をかけた。息子の人の電話番号は付き合った時に聞いて、登録したまま消していなかった。LINEの方は消したけどこっちはなんとなく。おかけになった番号は現在使われておりません、と半ば予想どおりの音声案内が流れた。三十分が経って、四十分が経った。コンビニのレジに立っていた男性の店員に声をかけて、連れがトイレから出て来ないので申し訳ないけど様子を見て来てほしいと頼み、息子の人の名前を伝えた。男性用トイレの入口でわたしが待っていると、店員が大声で名前を呼びながら歩き回る音が聞こえた。けれどすぐに出てきて、「今、中にいる方にはひととおりお声がけしてきたのですが違うようで、トイレの個室も使用されていませんでした」と告げた。

たいして広くもないコンビニとごはん屋の中をもう一度見てまわった。隅の席で一人でうどんをすすっている男の人がいて、服が違うので絶対別人だと分かっていたけど、念のため前に回り込んで顔を見て確認した。違った。

日が暮れていた。駐車場を見渡す。停まっている車は十数台だけだった。白線で区切られた無駄に広い駐車場の向こうの方、照明から遠いところは暗くにじんでいたけど、それでも人がいないことくらいは見れば分かった。ゴミ箱の前にも、自販機が並ぶスペースにも、二台並んだ大型トラックの陰にも、息子の人はいなかった。

どこにいるんだろうという苛立ちはとっくに引いて、わたしはこわくなっていた。そうだ、こわかったのに、わたしはあの人がこわかったのに、どうして車になんて乗せているんだろう。最後にもう一度だけ男性用トイレの入口まで行き、中に向かって息子の人の名前を呼んでみた。叫んだ自分の声がうるさかった。返事はなかった。先輩に借りた軽自動車の鍵を開けて、運転席に乗り込む。鍵を閉めていたのだから中にいるわけないのだけど、なんとなくぞっとして、後ろの席を覗き込んで見た。誰もいなかった。助手席のドリンクホルダーに、ペットボトルのお茶が残っていた。おにぎりとビニール袋はなくなっていた。パーキングエリアで食べてゴミ箱に捨てたのかもしれないなと、そんなふうに思った。

次の日、先輩に返すために車でバイトに行った。店の駐車場の一番端に停める。先輩とは上がりの時間が同じだった。車は置いたまま、二人でホームセンターの裏にある中華料理屋へ歩いて行った。

先輩は、時々ここでごはんを奢ってくれた。うちのアパートの前にある、あの中華料理屋と似たような路地裏が似合う店構えで、やっぱり家族経営だった。父親と母親と息子と娘の四人。車を借りる相談もこの店でしたんだった。チャーハンと餃子をごちそうになりながら、就活でちょっと遠くに行くのに足がないと相談すると、車貸してあげるよーん、と言って貸してくれた。あまりに気軽だったので、めっちゃ助かりますーとこちらも軽く借りた。もし事故を起こしてしまったら保険が、とかいろいろ懸念はあるはずなのに全くこだわりがなかった。

息子の人がいなくなってしまった後、無人になった助手席側の窓を、指が一本通るか通らないか、実際に試してみないと分からないくらいの細さだけ開けて、車を走らせた。先輩が置いているムスクの芳香剤の香りは嫌いではなかったけれど、ほんのすこしだけ開いた窓から入り込む外気と混ざって車内を循環するにおいの方が、落ち着きすぎなくて良かった。

そんなことは、覚えているのだ。あの日を最後に二度と着ることがなかったリクルートスーツを、いつ、どうやって捨てたのかは思い出せないのに。わたしは空になったチャーハンの器を越えるように腕を伸ばして、先輩に車のキーを返し、就職活動はそれきり止めた。たくさんの就活マニュアル本もぎちぎちに詰めた説明会の予定もセミナー参加も、ばかばかしくなった。疲れたからそうしたのかもしれないし、実際疲れていたのだけど、あんなふうにぽんっと全部を止めてしまうほど疲れていたかと言われると、ちょっと分からない。

卒業までホームセンターのアルバイトを続けて、推薦制度で推してもらい、正社員としてそのまま就職した。制服が黒のポロシャツから、蛍光オレンジのラインが入った襟付きのトレーナーに替わった。入社式や研修ではスーツを着ないといけなかった。就職祝いだと言って、先輩がストライプのパンツスーツを買ってくれた。こういうのって親とかが買ってくれるやつじゃないですか。中華料理屋で、恥ずかしいような申し訳ないような気持ちでそんなふうに話すと、先輩は笑って、というかいつも笑っていたからその話をしたから笑ったのではないけど、笑った顔のままで、「出世払いで返してよん」と言った。先輩が金色に染めた髪を耳にかけた時、顎までの長さのチェーンのピアスが揺れて見えた。

他店舗の配属になったわたしが、しばらくした頃、といっても夏だったか秋だったか、とにかく就職してから半年も経っていない頃にバイトをしていた店舗に顔を出しに行ったら、その先輩はバイトを辞めていて、同じく先輩によくごはんを奢ってもらっていた女の子が「辞めるなら教えてくれたらよかったのに。なにも知らないままで」と悲しそうに言っているのを聞いた。自分だけが知らなかったわけではないことに安心したのと、悲しそうにしていたのがその子以外にも何人もいて、ああわたしはたくさんの中の一人だったのだと、そちらは悲しいよりも深く納得して、そりゃあそうだと思って、それで、もう先輩を思い出すのは止めにした。

*

朝陽が本社に足を運んだのは、去年受けた中堅社員研修以来で、スーツを着るのもその時ぶりだった。広報課はビルの一階の受付から一番近い所にあって、壁がガラス張りで、外から中の様子が見渡せた。部屋の中にはゲームキャラクターのぬいぐるみやポスターが飾られていて、職場という感じはあまりしないけれど、じゃあ遊ぶ場所に見えるかというと、各自に割り当てられたデスクだけは他部署と共通のシルバーの事務机で、それが浮かずに置かれている感覚で、ここが確かに働く場所なのだと納得させられる。

「それで、どういうふうに人のことを観察してるの」

朗らかに談笑していたその流れで聞かれたので、こちらも笑いながら「観察なんて」と返せばいいのだろうと思ったけれど、このひとつだけは、それまでに向けられた前座の質問と違ってほんとうに聞こうとしていることなのだと感じられ、一瞬言葉につまった。しかし、表情に出るほどのことではなかったので、朝陽は変わらず清潔に緊張した頬のまま、やはり「観察なんて」と話し出すほかなかった。

広報部長と会うのは初めてだった。四十代半ばの男性で、ダークグレーの細身のスーツにパッチワーク柄のネクタイを着けている。すっきりした顔立ちで、海外の空港のような匂いのする人だった。ＰＡＬの現場にはいないタイプだ、と朝陽はやや圧倒されながら対峙している。落ち着こうと、目の前のコーヒーカップに手を伸ばして口を付けた。その味すらマッシロストアの休憩室で飲むものとは違うように感じる。初めて出版社に呼ばれて行った時に、瓜原さんが喫茶室に電話して出してくれたコーヒーと同じ味がした。

「小説家の人たちってやっぱり独特の目線で周りを見ているわけでしょ。社会や人間を書くわけだから。いや、ぼくらもね、今どんなふうに見られてるのかなって気になっちゃって。ねえ」

と、隣に座るマネージャーと目を合わせると、マネージャーもまた苦笑して「そう考えると、緊張しますね」と返す。どんなふうに見られてるのか考えて緊張しているのはこちらの方だ、と朝陽は軽い頭痛を覚える。

初めて広報課への出勤を命じられたものの、こうして広報部長やマネージャーとコーヒーを飲んで話しているだけで、勤務時間が過ぎていく。今日は平日だけど、近くの高校の定期試験の最終日だから、午後から遊びに来る学生が増えるだろう。高校生は仲間うちで盛りあがって遊んで帰るのでスタッフに問い合わせをすることも少なく、人手が足りないということはないだろうけれど、順番を守らないといった客同士のいざこざや、若い人たちがうるさいといった大人からのクレーム対応は絶対に発生するので、こんなところで油を売るくらいだったら、フロアに出て仕事がしたかった。

「仕事中もやっぱり、小説書きたいなって思うの？」

続けてそう尋ねられ、広報課出向というのは建前で、人事面談かなにかなのだろうかと疑い始めてしまう。

「仕事中は小説のことは全然考えないですね。頭の、全然別のところでそれぞれ独立している感じがあって、仕事中はある意味小説のことを忘れていますし、家に帰って、小説を書く時はＰＡＬのことは思い出さないです」

「へえ、二重人格みたいだね」

「うーん、ある意味、そうなんですかね。ほんとうは、仕事中もなにをしていても、寝ても覚めても小説のことを考えていますって言えたら格好いいんですけど」

照れているように見えますように、と念じながら俯き加減で控えめに笑って、広報部長の目を見つめると、つられたように同じ系統の笑みを浮かべた広報部長が「まあでも、そういうものだよね」と知ったような口をきく。

小説と仕事をそんなにはっきり分けられるわけがなくて、仕事をしながら頭の中で小説の続きを考えることとなんてしょっちゅうあるし、小説を書いている時にそういえば明日はあのゲームのイベントがあるからあれを準備しておかなきゃと考えることもある。頭の中で二つのことはいつも行き来していて、でもそれを言わない方がいいんだろうということは分かっていた。

「この間、ナガイさんが入社した時の書類を見たんだけど、ナガイさんはアルバイトからの推薦採用だったんだね。大学二年生からずっとでしょ。今五年……あ、六年目？　そう。じゃあ合計で丸八年働いてるんだ。中堅じゃない」

入社した時の書類を見たって、なんでなんだろうと思うが聞けない。自宅のどこかにコピーが残っているはずの履歴書に、自分はなにを書いただろうか。記憶を引き出そうと、頭の中に潜りたいが、口が勝手に、

「いえ、アルバイトの時は、もちろん真面目に働いていたつもりでしたけど、社員とは全然、経験できる業務が違いますから。まだまだです」

と殊勝なことを答える。頭の裏側に書いてある正解を、他人が読み上げているみたいだった。若手らしいはきはきした発声は、練習してきたような正確さで、わずかな照れを滲ませてある。

「趣味の欄に読書って書いてあったね。そんなの、就活生みんなが書く適当なやつだと思

うじゃない。ナガイさんに関してはほんとうのほんとうだったわけだ。大学生の時から小説家になりたかったんでしょ？」

「そうですね。はい。学生の頃から、小説の新人賞に投稿してました」

「じゃあなんでPALに就職したの？」

えっ、と言葉に詰まる。広報部長は気さくな様子で笑ったままだった。

「出版社とか本屋とか、そういう方面に進むんじゃないの、普通は」

「どうでしょう。わたしはでも、PALで働きたくて……」

一人で自立して生きていけるだけのお金がもらえる会社であれば、どこでもよかったというのは、確かにそうかもしれなかった。やりたい仕事はなかったし、小説を書きたかった。小説の仕事だけで生活費を稼ぐのは難しいと、いろいろな小説家のエッセイやインタビューに書かれていたので、もしデビューできても、別の仕事もずっと続けるのだろうし、そもそも一生デビューできないかもしれないので、仕事は慎重に選ぶべきだったのだけど、ほんとうになんでもよかった。PALのバイトは嫌ではなかったし、ゲームセンターも好きだったから、そのまま就職した。それをどうしてと改めて問われても、どこでもよかったからと、言ってはいけないのだろう。

この人たちはわたしになにを言わせたいんだろう。朝陽が、そんなことを考えながら広

報部長とマネージャーを見つめていると、

「なるほどねえ」

と言いながら広報部長が居住まいを正し、不快にならない程度の距離感を保ちつつ身を乗り出した。

「それでね、ナガイさん。半年に一回発行してる社内報があるでしょう。株主総会でも配付してる冊子だけど」

真っ白のつるつるした紙に、黒と青の二色刷りにされた、数ページの冊子が頭に浮かんだ。配付されているが新人の頃を除いてろくろく読んだことがない。新店舗の紹介や、売り上げが伸びた店舗の事例紹介など、毎号変わり映えしない内容だった。

「あそこにコラムを書いてほしくて」

「コラム、ですか」

「いやそんなに大げさなものじゃなくていいんだ。あなたの目から見て、ゲームセンターがどんなところか、PALがどんな会社かっていうことを、五ページか六ページか、そのくらい書いてくれたらと思って」

朝陽はぞっとして「それって」と声を出してしまう。もっとよく考えて慎重に発言すべきだ、と怖気《おじけ》づいているのに言葉が止まらない。

「長井朝陽としてですか。それとも早見有日としてですか」

口に出した途端、知りたいのはまさしくそのことだ、と確信が芽生え、口から出してしまった言葉が重たくなる。対峙する広報部長と朝陽との間にあるミーティングテーブルの上に、無防備に投げ出されて横たわった言葉が、身じろぎもせず審判を待っていた。

広報部長がうっふ、と口に出して笑った。

「どっちも一緒でしょう。長井さんは小説家早見有日なわけだから。あのね、小説家の目から見るゲームセンターっていう場所がどういうものかっていうことを、書いてもらうのっていいと思うんだよ。個人の娯楽の場であり、友人や家族と親交を深める場でもあり、楽しむだけじゃなくて、ゲーム技術を高めに来ている、勝負に来ている人もいるわけで……そういう雑多でユニークなところだっていうのをね。どうかな」

朝陽が書くまでもなく、すでに書く内容が決まっているような口ぶりだった。

「それを書いたとして、署名が付くと思うんですけど、そこに載る名前はどちらになりますか。長井朝陽か、早見有日か」

朝陽が静かな声で食い下がると、広報部長は首を左右に折り曲げて、うーんと唸《うな》り、

「どっちでも、好きな方でいいよ」

と言った。朝陽を安心させるように、にっこり笑っていた。でも、と朝陽がつぶやく。

でもわたし書けないです。言ってしまってすぐ、言ってしまったと焦っている。その気持ちを底上げするように「えええ、どうしてえ」と広報部長が声をあげる。まだ満面の笑みを浮かべている。

「コラムはその、書いたことがないし、うまく書けるかどうか分かりません。それに、長井朝陽として書くとしたらそれは、入社してほんの六年の、平社員の意見になってしまうというか、そう受け取られると思うんです。社内報を読んだ人は、長井朝陽が小説家だなんて知らないので」

「いやー、けっこうみんな知ってると思うけどねえ。あっ、コラムの中に書けばいいじゃない？　小説家してますって」

「あの、すみません」

思ったよりはっきりした声が出た。

「わたし、ＰＡＬに勤めていることは公表するつもりがないんです。本名は出さないで活動したいと思っていますし、早見有日の勤務先もどこにも言うつもりがありません」

「へえ。なんかあれ？　小説家がゲームセンターなんかに勤めてるって知られたくないとか？」

意地悪な物言いよりも、広報部長の立場にある人が「ゲームセンターなんか」という言い方をしたことにショックを受ける。違います、とかろうじて答える。声がかすれていた。

「いやいやごめんごめん、いじめるつもりは全くないんだけどね。じゃあ、長井さんの名前は出さないで、早見有日さんとして書いたらどうかな。勤務してるとは書かなきゃいいじゃない。ただゲームセンターについてどう思うか、書いたらいいよ」

早見有日の名前で書くのであれば、依頼は出版社を通してほしい。そう言いたかったけれど、お高くとまっていると思われるに違いないので言い出せなかった。どうしてこんな問題が起こっているんだか分からない。朝陽の頭の中に「退職」の二文字が浮かぶ。これまでも何度も浮かんできていたけど、意識して沈めていたことだった。

「でも、すみません……」

声をしぼりだして、頭を下げる。視線の先に、まだ半分ほど残っているコーヒーがあり、黒い水面に自分の顔の影が映っていた。影の中の自分の目を見つめて、数秒数える。

部屋の外を数人が話しながら通って行った音が聞こえた。ここは静かだ。静かすぎる。

朝陽の耳はもう、フロアのジャン・ジャラララララを懐かしく求めている。

頭を下げたままでいると、「うーん、まあ、そうか」と広報部長がワントーン沈んだ声で唸った。諦めてくれたかと、安心と落胆させたことへの恐怖がないまぜになった気持ちで顔を上げると、目が合った広報部長がぱっと笑顔になったので腹の底がひりついた。

「でもさ、」と明るい声になって言い放たれる。「とりあえずちょっとの間、検討してみてよ」
はい――、と答えるしかなかったと思うのだけど、ほんとうにそれしかなかったか、と朝陽は後になって何度も自問自答することになる。自問自答している間はずっと嫌な気持ちになるので、そのためだけに繰り返す。

ナミカワさんにランチに誘われた。二人で財布とスマホだけ持って、マッシロストア三階のレストランフロアに向かった。「ここにしようよ」とナミカワさんが指さした、胸元に赤いリボンの付いた豚のキャラクターが看板に描かれている中華料理屋に入り、チンジャオロースのランチセットを頼んだ。注文を取りに来たバイトの男の子は知り合いらしく、ナミカワさんがお疲れさまと気さくに声をかけている。まだ十代に見えるその人を、朝陽も見かけたことがある気がしたけれど、PAL以外のアルバイトまでは覚え切れない。曖昧にほほ笑んで、その場をやり過ごす。

料理を待っていると、バイトの男の子がグラスを二つ運んできた。

「サービスです、これ」

と言ってテーブルに置かれたのは、冷たいジャスミンティーで、お礼を言って一口飲むと鼻に抜けていくいい匂いがした。

「得しちゃった。小説家先生と一緒だといいねー」

ジャスミンティーのサービスはあの男の子と親し気だったナミカワさんに向けられたものだと思ったので、そう伝えたけれど、「あはは、違うってー」と流されてしまう。ＰＡＬ以外の人にも小説を書いていることを知られているのか、と朝陽は背中に短い針を無数に刺された心地がする。

「あの、ナミカワさん。わたしあんまり、小説を書いてるって言ってなくて」

大分の勇気を持って声を上げたが、

「えっそうなの？　でもみんな知ってるじゃんね」

と、からっとした笑顔に包まれて蒸発した。

「っていうかごめん、勝手にこの店にしちゃったけど、ナガイさんって中華あんまり好きじゃなかった？」

「え？　いや、好きですよ」

そんなふうに受け取られてしまうようなことを言っただろうか、と入店してからの会話を頭の中で探ってみるが心当たりはない。チンジャオロースとホイコーローと、どちらも好きだからセットを選ぶのに迷ったくらいだ。

「ほんとうに？　なんかさ、ナガイさんの小説に出てきたから。中華が嫌いだって」

え？　と乾いた声が喉から出る。そうでしたっけ、と尋ねてしまい、そうだよー、とナミカワさんに教えられる。ナミカワさんが読んだのはデビュー作の『配達会議』だけだ。その中に、中華が嫌いなんて読み取れることを書いただろうか。少なくとも自覚して書いた箇所はないはずだった。

バイトの男の子が、二つのトレーを器用に同時に運んできた。朝陽の前にチンジャオロース、ナミカワさんの前にホタテのエックスオージャン炒めが置かれる。「ありがとうございます」と声をかけると、男の子が笑顔で小さく会釈した。その子が席を離れて厨房の方へ姿を消すと、ナミカワさんが、

「大丈夫。あの子は日本人だから。大学生だよ」

と小さな声でこっそりというふうに言ったので、慌てて、

「ナミカワさん、わたし中華料理好きですし、中国の人に悪い感情も持ってないですから。大学生の時、中国に遊びに行ったこともあります」

と、これも小さな声で返す。ほんとうのことなのに、自分でも言い訳をしているみたいに聞こえる声だった。朝陽はもっと毅然とした声で話すべきだった。ナミカワさんは「そうなの」と頷いたが、今書いている小説をこの人が読んだらどんなふうに思うのだろう、と朝陽は胃の中が冷たくなる。主人公の軽薄さを表現するために差別的な言動を書いてい

るのだと説明したら、どんな反応が返ってくるのだろう。「だけどその差別的な言動っていうのを考えて書いたのもあなた自身だよね」と言われたら、そのとおりだ。自分の中にないものは書けないはずだよね、と問うてくる人に「そんなことない」と言い返す気概が、朝陽にはない。ほんとうにそうだろうか、と疑う自分の方が強くいる。

チンジャオロースは量が多かった。全部食べたら気持ち悪くなるだろうという予感があったので残したかったけれど、ここで残すと「やっぱり」といった顔をされそうで恐ろしく、朝陽は何度もジャスミンティーで口の中をゆすぎながら飲み込んだ。

料理を食べ終えてトレーをテーブルの端に寄せると、

「じゃあ、お願いしてた件だけど、これ」

そう言ってナミカワさんが『配達会議』を二冊差し出した。どちらにもPALの隣にある書店のブックカバーが付けられていた。朝陽がサインペンを制服のポケットから取り出すと、「あーそうじゃんね、ペン、いるよね。ごめん持ってきてもらって」と勢いよく恐縮されてしまい、居心地が悪くなる。自分でサインペンを持ってくるなんて調子に乗っていると思われるんじゃないか、という杞憂が深くなる。

サインペンで早見有日の名前と日付を書いていると、

「うわーサインって感じだね。書いてるとこ、写真撮っていい?」

とスマホがこちらに向けられ、朝陽がいいとも悪いとも言う前に、カシャッと軽いカメラの音が鳴る。「大丈夫、SNSに載せたりしないから。今ってそういうの駄目なんでしょ」と、スマホを持ったままの手を左右に振られ、朝陽は撮られる用の顔をセットし、「うん、ありがとう」と答えて、二冊目の本に手を伸ばした。

小説家と同じ職場で働いてるって友だちに話したら、サインもらってきてくれって言うもんだから、お願いできないかな。そう、ナミカワさんに頼まれた時、朝陽は「サインっていっても楷書で名前を書くだけしかできないけど、それでよかったら」と承諾したが、内心、ナミカワさんが小説家早見有日の勤め先を他人に伝えてしまっていることと、この調子だと多分本名も言ってしまっているんだろうなということが気になった。けれど気を悪くさせてしまいそうで、今も「言っちゃいましたか？」とは聞けない。代わりに、「わたし、PALの人たち以外には、けっこう小説のこと言ってなくって。地元の友だちとかにも自分からは。だから、こんなふうにサイン頼まれたのって初めてです」と、広く公表しているわけではないというアピールをしてみるのだけど、ナミカワさんは、「えっ、そうなんだ、もったいないね。っていうかサインっぽくないね、ほんとに。署名みたい」と楷書で書かれた名前を見て言う。

アルバイトの男の子がトレーを下げに来た。ナミカワさんが「これ見てサイン」と本を開いて見せるので、朝陽は慌てて「止めてくださいよ」と手を伸ばす。我ながら本気で止めようとしていない手だな、と思いながらそうする。止めたいのがほんとうでも、この場で本気で嫌がって見せることができないのもほんとうだ。バイトの男の子は「すげーいいなー」とくだけた調子で声を上げて、笑顔のままトレーを運んで行く。ナミカワさんは「自慢しちゃった」とはしゃいでいる。それからもう一度まじまじと朝陽が書いたサインを見つめた。

「サイン作った方が良くない？　さらさらーっとちょっとイラストふうのやつとかさ」

「はずかしいし、そんなにサインすることなんてないだろうから、いいですよ」

「そんなことないでしょ。これからきっといっぱい、サインするよ」

ナミカワさんは、いつのまにか励ます口調になっている。

小説の話で、謙遜するのは難しい。そんなことは起きないだろうと本心から思って言っていても、実際には起こらないと思っていたことが起こり続けているのだ。新人賞を受賞した、本が出た、新聞社から取材依頼があった、雑誌でインタビューを受けた、あの作家と対談をした、あのタレントがおすすめ本としてSNSに書いてくれた、出身大学から図書館に色紙を飾るからサインしてほしいと言われた、とかそういうことが、ただのゲームセンターの店員だった自分に次々と起こる。

ナミカワさんをだまして優しくしてもらったような居心地の悪さを覚えて、朝陽がまごまごしていると、そういえば、とナミカワさんが顔をぐっと近付けてきた。やっぱり距離感が近い人だと思う。

「サキヨさんが、奈良に引っ越しちゃうんだって。聞いてた？」

「サキヨさん」

誰のことだか分からないが顔に出すわけにはいかない。ああ、と納得したような感じを出して口の中でつぶやいてみる。分からなかったことがばれていませんようにと念じながら、「奈良って。遠いですね」就職ですか、と続けそうになって止める。就職か、結婚か、サキヨさんが思い出せない限り、不用意なことは口にできない。

「ナガイさんにも言ってなかったんだ。わたしも偶然、ほんとうに久しぶりに、元気にしてるかなって思って連絡したら、実はもうすぐ引っ越しするんだって言われて、びっくりしちゃった。旦那さんの転勤の都合らしいよ」

ナガイさんにも言ってなかったんだ、という言い方にひっかかりを感じていると、

「ナガイさんもさみしいでしょ、仲いいもんね」

と現在形で言われて、絶句する。その様子をどう受け取ったのか、

「遠いけどでも、奈良観光に行けばいいじゃん。小説家なんだし、取材費とか出るんでし

ょ」

「そんなのは出ないですけど、でも、そうですね。会いたくなったら会いに行けばいいんですよね」

そんな言葉が自分の口からするすると出てくる。そうだよっ、とナミカワさんが同意する。この人はもうすこし意地悪でもいいのに、と朝陽は思う。

ナミカワさんの言い方から察するに、サキヨさんはPALで昔働いていた人には違いない。社員であればさすがに覚えているだろうから、バイト時代に一緒だった人なんだろう。休憩室で話したり、バイト帰りに飲みに行ったりする人はいた。何人もいて、全員、辞めていってからは連絡を取っていない。先輩バイトの女性は四人か五人いた。六人かもしれない。

サキヨさんといったのだったか。小説の中にご飯を奢ってくれたり車を貸してくれたりする、似たような人物を出したことがあるけれど、現実にはいないはずだった。それとも忘れているだけだろうか。朝陽は自分の記憶に自信が持てない。半年や一年だけ一緒に働いた人のことなんて、すぐに忘れてしまう。同僚のみんなは、けっこう覚えているみたいだった。娘さんがいたよねとか、あそこの大学の学生さんだったよねとか、個人的な情報と一緒に。朝陽も話を聞くとぼんやり思い出せることはある。けれどそれは、二年前や三年前に関わった人の記憶というよりも、小学校時代のクラスメートの話を聞いているような、ぼやけた、においのしない記憶でしかない。

＊

・サキヨさんって誰

・コラムじゃなくて、小説なら書けるかも

・主人公の勤務先をホームセンターからＰＡＬに変えてみる？

何年も前からうちに通っている常連さんがいる。メダルゲームが好きな男性で、六十歳くらいに見えるけれど、少なくとも十年前から通っていて、その頃から六十歳くらいに見えているので、ほんとうのところは何歳なんだか分からない。夏でも冬でも黒や紺や苔《こけ》色の服を着ている。Ｔシャツかトレーナーかセーターか、季節によって着るものは変わるけれど、色はいつも同じだった。歳のわりにみっちり生えた髪の重たい頭が目立って、眼鏡をかけている顔は、見れば「あの人だ」と分かるのだけど、その人がいないところでどんな顔だったか思い出そうとすると、頭の中で像を結ぶ前に曖昧に歪んで眼鏡だけがパーツとして残る。メダルゲームの中でも「コインキャッチャーアドベンチャー」という、UFOキャッチャーのアームに似たギミックでメダルを取るミニゲームが付いたプッシャーゲームが好きだったので、スタッフの中ではアドさんと呼ばれていた。

「コインキャッチャーアドベンチャー」は、三段に分かれたそれぞれ決まった周期で動くステージに、タイミングよくメダルを投下して、ステージに乗ったメダルを弾いたり押したりして落とすゲームだ。アームを使ったミニゲームは、落としたメダルを溜めないとできないので、アドさんは自動で動き続けるステージを何時間も見つめて、的確なタイミングでメダルを投入し続けていた。

筐体に書かれた「コインキャッチャーアドベンチャー」の文字のうち、なぜだか「アド」だけ飛び出すように大きく、蛍光グリーンで目立たされていたので、そんなふうに呼ばれることになったのだけど、そのゲーム機自体は「コインキャッチャーさあ」のように頭の数文字で呼ばれているので、その流れでいうと、アドさんはアドさんではなくコインキャッチャーさん、あるいはメダルゲーム好きのメダルさんとなるべきだけれど、コインキャッチャーさんは長いし、メダルさんは、他にもいっぱいいるので紛らわしい。うちの店には、月曜日のメダルさん、火曜日のメダルさん、水曜日のメダルさんもいる。

「コインキャッチャーアドベンチャー」は十年近く前にリリースされたゲームだけど、十年前の時点ですでに古めかしかった。フィーバーした時の映像も古くさく単調で、しかもそれがレトロだったり趣があったりして好まれるタイプの古さではなく、単に流行りじゃないなと受け取られる程度の古さで、筐体の劣化状況も相まって、何度も廃棄と入れ替えの候補になっていたのだけど、ガシャポン四台分くらいの大きさでそこまで幅を取るものではないし、アドさんが週に二回ほどのペースで必ず数千円を落としていくので、なんとなくそのまま残されていた。うちみたいな小さな店舗では、リピーターが付いているからという理由で残される古いゲームがある。

(ゲームセンターの規模感をどこかで説明する)

(PALの本店に寄せる？　マッシロストア店ふうでいいか)

だから、アドさんが来なくなったら「コインキャッチャーアドベンチャー」も廃棄だね、と言われていた。前の店長もそう言っていたし、前の店長が定年退職した後に来た新しい店長も「そうなるね」と言っていた。そうして十年が経つのだけど、アドさんは来なくならない。こんなに長く続けてやってくる常連さんというのも珍しい。

アドさんの死亡記事を見つけたのは偶然だった。ネットニュースサイトの右側に出てくる「地域のニュースランキング」の五位に入っていた「深夜の信号無視　歩行者の男性が死亡」をクリックし、そのページの「関連ニュース」に似たようなタイトルのニュースがあって、それをクリックしたら外部のニュースサイトに飛んでいた。画面のデザインも色も急に変わって目にどくどくしく映り、めんどうくさい気持ちになって元のニュースサイトに戻ろうとした時、記事に添えられた写真が目に入った。パスポートか運転免許証に使われていそうな証明写真の、眼鏡をかけた男性。思い出そうとしても思い出せない顔立ちなのに、こうして写真で見るとはっきりとアドさんだと分かった。写真うつりがいい、と言っていいのだろうか。それはメダルゲームの台に向かって俯きがちに座るアドさんと、同じ顔に見えた。

「路上で寝ていた男性　轢かれて亡くなる」というニュースの中に、アドさんの名前が書いてあった。亡くなってから名前を知るなんて、と胸を衝かれる。悲しいというほどの関係も思い入れもない人だけど、喪失感というのだろうか、ぽっかり、とはいわないまでも、割り箸が差し込めそうなくらいの隙間は、あいている感覚がする。左右から両手でぎゅっと押せば埋まるくらいの隙間だったが、穴は穴だ。

　こんな地方の交通事故ニュースは誰も見ていないだろうと、スマホの画面コピーを取り、明日休憩室でみんなにもお知らせしよう。それで特段なにか……例えばお葬式に行くだとかを、するわけではないけれど、死を悼もう。そんな厳粛な気持ちで、写真フォルダに保存されたアドさんの死亡記事をしげしげと眺めてから寝た。

だから次の日、「コインキャッチャーアドベンチャー」の前に、いつもどおり座っているアドさんを見た時はびっくりした。何度も見直して、それが間違いなくアドさんであることを確認し、それから、もしかしてやっぱり、と急速に腑に落ちた。腹の底がきゅっと引き締まった。本来考えなければならないことを、三つも四つもすっ飛ばして、頭が一気に解答を得た。

うちには、うちのゲームセンターには、死んだ人もやって来るのだ。

ということは、向こうでスロットゲームをしている常連さん、あの人はやっぱり息子の人なのだ。よく似た他人だと思っていたけど、こうなると間違いない。朝でも夜でも変わらない濃さで、うっすら髭が生えた顔。

就活帰りの車の中から息子の人が消えてしまった数日後、就活のために登録していた新聞のアプリで、あのパーキングエリアがある街のローカルニュースを検索したら、高速道路からほど近い山道で、身元不明の男性の遺体が発見されたという記事が出てきた。

二十代後半から三十代前半くらいの男性、外傷はなく、突然死と見られること、身元を示す持ち物がなかったこと、などが書かれていた。それが息子の人のことなのかどうかは、分からなかったけれど、あの日にあったことも、その後でそんなニュースを見つけたことも、わたしはアキたちに話さなかった。アキたちとは、就活が終わってからまた頻繁に集まっていたけど、卒業して五年経った今では、グループLINEで時々やりとりするくらいで、全員で集まることはないし、集まったってもうあんなふうに腹の底から、なにもかもをないがしろにして笑い声をしぼり出すことはできないだろうと思う。四人のうち、ミリとウイが結婚していて、ウイには子どもも一人いる。

スロットゲームをよくプレイしに来るその男の人を、初めて見かけた時から、似ているなあと思っていた。でも息子の人は多分死んでいるし、生きていてもここにいるわけがないし、そうすると似ているとしても意味はないので忘れていた。時々ふいにやっぱり似てるかもと思う、なんてこともなく、週に一回くらい遊びに来る常連さん、という認識でしかなくなっていた。

けれどこうなってしまうと、そうだやっぱり似ている。似ているというよりは本人だ、と確信が深まる。

出勤してきたアルバイトさんに「おはようございます」と声をかけられて、ポケットの中でスマホを強く握った。アドさんの死亡記事を見せてみようか。あの人だよねって確認しようか。でもそれで、ほんとうに死んだ人だと騒ぎになって、スロットゲームのあの人のことまで死んだ人だと、誰かが気付いてしまうかもしれないと——ここにいる誰も息子の人のことを知らないにもかかわらず、なぜだか非現実的に結び付けて考えてしまい、結局アルバイトさんにも、その後に集まってきた他のスタッフにも、このことは告げられなかった。

仕事を終えた時、アドさんはまだそこにいた。右手側のカップに入れたメダルを気だるい手つきで投入し続け、時折派手な音を立てて吐き出されるメダルを、膝の高さにある受取口から取り出す時に、背中を上へ突き上げるように体を丸めた。アドさんはメダルお預かりサービスを使っていない。お預かりサービスは、メダルがその日の間に使い切れなかったり、大当たりして想定外に増えた時に、次回来店時まで店舗で預かりますというサービスだ。預け金は無料で、三か月以内の引き出しが条件になる。常連客のうち半分くらいが、このサービスを使っていた。もう半分のお客さん、そこにはアドさんも含まれるけれど、その人たちはメダルを決して預けなかった。メダルの持ち帰りは禁止されているので、全部使い切るまでプレイしていた。使い切るということは増えないということで、勝ち負けだけでいうと負けているのだけど、メダルゲームの常連さんたちは、対戦ゲームの常連と比べて勝ち負けにはさしてこだわっていないふうに見えた。

お金を持ってくる。両替機で、ゲームセンター内でしか使えないメダルに替える。千円で百枚。それをゲーム機に入れていく。入れて、いくらかは出て来て、減ったり減ったり増えたり、減ったり減ったり増えたり減ったり、する。そうしてメダルがゼロ枚になったら、帰って行く。

どこへ帰って行くのだろう。考えると、不思議というよりは、うすらこわい。後をつけたくても、勤務中に抜けることはできず、機会を待つことになった。わたしがあがる時間になってもまだアドさんが「コインキャッチャーアドベンチャー」の前にいたのは、死亡記事を見つけた三週間後のことで、その間に何度も「いつのまにかふっと来なくなるのでは」と思っていたのだけど、十年以上毎週欠かさず通ってきているアドさんが、死んだからといってそう簡単に来なくなるわけがなかった。

制服から素早く着替えたわたしが、客の顔になってフロアに出ると、ちょうどアドさんがからっぽになったメダルカップを、両替機の前に戻しに立ち上がったところだった。さり気なくエレベーターの方へ先に向かい、アドさんがこちらへ来る様子を確認してから、急いで階段で降りて、一階の出口で待ち構えた。

アドさんはエレベーターで四階から降りてきて、PALのフロア内を歩くのと変わらない、周りの人と比べるとほんの少しだけのんびりした足取りで、駅とは反対の方向へ向かって大通りを歩きだす。思っていたとおり、わざわざ電車に乗って通って来ているわけではない、徒歩圏内に住む地域住民らしかった。ほんの二メートルほど後ろを付いて行く。

大きな駅ではないとはいえ、さすがに都内なので、帰宅時間が重なる午後六時の道は人がたくさん歩いていて、真後ろにでも付かない限りは、あとを付けて歩いていてもばれない。十五分ほど歩くうちに、人がどんどん減っていったので、わたしは三メートル、四メートルと少しずつアドさんとの距離を空けていた。アドさんの歩調はわたしの歩調よりずっと遅く、自分のリズムで歩くと追い抜いてしまう。時々立ち止まって間隔を調整しなければならないのが、だんだんとストレスになり始めた。自分は尾行に向いていないらしい。それは小説家としてやっていくうえで弱点にならないだろうか。そう考え、こうしてなんでもかんでも小説につなげて考えるのはしんどい、と萎える。

・主人公は小説家でもある……？

アドさんの歩くスピードがわずかに上がり、大通りから左へ折れて、住宅街へ入った。四本ほど奥にじぐざぐと進んだ先にあったのは、築年数を相当に重ねたように見えるマンションだった。外壁のグレーが、元からそういう色なのか、元は白かった壁が経年劣化でそういう色になったのか、薄暗くなってきた中では判断がつかない。アドさんが入ってすぐ、扉が完全に閉まるより前に、わたしも中に入る。オートロックだったら入れなくなると思ってそうしたのだけど、どうやらオートロックではないらしかった。一階フロアに郵便受けが並んでいる。十階建てらしい。一台だけあるエレベーターは四階に停まったままで動いておらず、階段を上がるこんこんという足音が聞こえていた。足音につられて、わたしも階段を登る。その音に従うと、アドさんはどうやら三階まで登ったらしかったが、耳を澄ますといつの間にか足音が消えている。視線を感じたわたしがはっとして顔を上げると、三階の廊下の先に男の人が立っていた。アドさんより何十歳も若く見えたが、全体の顔立ちがアドさんに似ていた。

「なにかご用ですか」

声をかけられてひるむ。住人ではないとばれているようだった。同じマンションの住人の顔をみんな覚えているなんてないはずだけど、そんなに部外者顔をしていただろうか。目の前の男の人は、アドさんの息子に違いなかった。目を合わせてまじまじと見てもやはり顔が似ている。

「いえ、用事は、多分ないんですけど」

「多分？」

「はい。あの……、違ってたらすみません。息子さんですよね」

主語も付けずに尋ねたのに、男性はやすやすと首を縦に振った。

「用事というか、単にわたしが気になっていて、教えてもらいたいんですけど」

「なんでしょう」

冷たい声だったが、警戒しているというよりは、どうでもいいものを相手にする時の、感情を保つ力を抜いたような響きがあった。この人は疲れているのだ、と分かる。

「お金は、どうしているんでしょうか」

「お金……ああ、あなたはゲームセンターの人ですか」

「はい。そうです。お父さまが、本日もうちを利用してくださっていて。亡くなっているのに、お金はどうしているんだろうって、気になって」

「ぼくが渡しているんですよ」

当たり前でしょう、とでも言いたげな口調だった。

「ゲームセンターに行く日、父がぬうっとね、ぼくの前に立つので、二千円、渡しています。なので安心してください。おばけのお金とかそういう……、消えたりするものではなくて、現実のほんもののお金なので、不正はないですから」

「ああいえ、そういう心配はしていませんでした。なるほど、霊界のお金というのがあるかは分からないですが、あったとして、それでゲームをされていると、精算とかいろいろ、狂いが出ちゃって困りますね。でも、そうではないと」

「はい。だから、いいでしょう」

「いい、ですかね」

いいというのは、死んだ人がゲームセンターに通い続けることが、だろうか。わたしが遠慮がちに首を傾げると、アドさんの息子は体調が悪そうな息を吐いた。

「もうすこしですから。このマンション、取り壊しが決まっていて。来月には退去するんです。もうほとんどの住人が出て行っています。ぼくと母も、別の住まいをもう確保しましたから、そちらに移ります。父はその場所を知りませんから、多分お金を取りに来られないでしょうし、取りに来たとして……次の住まいは、ここからだいぶ離れてますから、あなたがお勤めのゲームセンターには通わないと思いますよ。多分ですけど」

多分が多いですね、と口に出して言いそうになり、慌てて喉を圧迫するように深く頷く。わたしの過剰な反応が不快だったのか、アドさんの息子はそれきり口を閉ざした。わたしは小さく会釈して踵を返し、階段を下りて外に出た。道に立って三階を見上げたが、明かりのついた部屋はひとつもなかった。

それからもアドさんはPALに現れた。ただ、お金を持っていないらしく、ゲーム機の前に座って、「コインを入れてね！」と幼く聞こえる女性の声が繰り返される画面を、ぼんやりと見つめているだけだった。

アドさんがお金を落とさなくなった「コインキャッチャーアドベンチャー」はいよいよ電気代を食うだけのお荷物になり、店舗会議で廃棄が決定した。「コインキャッチャーアドベンチャー」が撤去された後で初めてアドさんが来た日、みんな口には出さなかったけれど、横目でちらちらと様子を窺っていた。暴れたらどうしよう、と懸念している空気感だった。暴れるような人ではない、とそれに反発したい気持ちがあるのが不思議で、実際のところわたしはアドさんが暴れるかもしれない人なのか、人に迷惑をかけることは決してしないという人なのか、推測できるほど彼のことを知っているわけではなかった。

アドさんは「コインキャッチャーアドベンチャー」の跡地をしばらく見つめていた。彼の目には、カーペットに残る筐体の日焼けの跡や、左右の別のゲーム機の配線にからまる灰色の埃《ほこり》が映っているのだろうけれど、死んでしまっている人の目にも、わたしと全く同じものが映っているという確信はない。他のゲーム機の消毒やUFOキャッチャーの景品の入れ替えをしている間に、いつの間にかアドさんはいなくなっていた。バイトの男性スタッフが「元気ない感じで帰って行きましたよ」と、どこか笑いを堪《こら》える様子で耳打ちしてきた。「コインキャッチャーアドベンチャー」の跡地には、二週間後、新しいメダルゲーム機が設置された。アドさんはそれから一度も、PALに来ていない。

＊

ＰＡＬに舞台を変えてみたところで、こんな話では結局ＰＡＬの人に見せられないから意味がない、と自覚した時にはもう、この話を書きたくなってしまっていた。イメージアップどころかイメージダウンと捉えられてしまうかもしれない。文芸誌で発表させてもらって、あわよくば本にもしてもらいたいけれど、これを読んだＰＡＬの人たちはどう思うだろうか。想像して、どんよりと曇った気持ちになる。いつもそうだ。曇る程度なのだ。雨が降ったり嵐が吹き荒れたりはしないのだ。心の中が重たく曇るだけで、だるいな重たいなとは思うものの、無視して書き進められてしまう。

長井朝陽のことなどどうでもいいのかもしれない、と思うのはこういう時だ。今の自分は、はたして長井朝陽なのか早見有日なのか、分からなくなる。広報部長に二重人格みたいだと揶揄されたことを思い出す。人格が二つあるわけではないが、きっぱりと一つでもないのかもしれない。長井朝陽と早見有日はイコールでありながら、いつでもどちらかに偏っている。

書きかけの、ぶつぎりの、物語以前の文章のまとまりが、ワードファイルに名前を付けられて、デスクトップいっぱいに散らばっている。この何個めのファイルから、小説になっているのだろう。最後のひとつだけだろうか。そうかもしれない。それ以前の無数のファイルは、作者の目にしか触れないのだから。誰にも読まれないものは、まだ小説になれていない。最近よく更新しているファイルのひとつを開く。横長の画面に縦書きの文字がずらずら続く画面を、スクロールして何ページか流し読みをする。

こんなことを書いたんだっけ。自分が書いた小説を読み返す時、どれもなじまない。確かに書いた記憶があるし、自分の言葉だと感じるのだけど、どうしてこんなふうに書けたんだっけ、とそれが分からない。小説を書くではなく読む自分でいる時、とても小説なんて書けない、と呆然とする。この呆然を繰り返している。こんなふうに感じるのは、言葉を書き出した瞬間に、それを忘れていっているからだろうか。頭や心や手足に、書きたい話が詰まっていて、それらをなんとか小説の言葉にして指先からキーボードへ送り出し、真っ白だったワードの画面を徐々に黒く詰めていく。朝陽を出て行った言葉は、内にあった時と比べて若干ではあるけどよそよそしい。その若干が、ほんのすこしでっぱって引っかかって、はまらない。

まとまらない言葉たち。まとまるってなんだろう。この物語未満の文章たちは、いつ終わるのだろう。雑誌に載ったり、本になったりすることが、あるのだろうか。この言葉が誰かの目に触れる日があるのか。それを考えた時、朝陽は、朝陽から出て行った言葉が、すでに本の形になってこの世に存在していることに思い至って驚く。知っていることなのに驚く。

視界に入るとすぐに手を伸ばしてしまうので、ノートパソコンの死角に隠すように置いていたスマートフォンが振動した。キリのいいところまで書き進めてからワードファイルを上書きし、スマホを手に取ると、通知は二つあって、一つは幸田さんからの〈親戚も買ったらしいです！〉と『配達会議』を持った知らない人間の写真付きのメールで、もう一つは帆奈美からだった。明日の夜飲みに行こうよという誘いで、いつもどおりあまり行きたくない気持ちが先に出るのに、〈何時からにする？〉と返信している間に、絶対に行きたいような気もしている。

人に嫌われたくないけど、人に嫌われるようなことを書くのは平気だから不思議だ。いい人に見られたいし、付き合いがいい方だと思われたいし、一緒にいて楽しいとか、気楽だとか、おもしろいとか思われたい。めんどうなやつだとは思われたくなくて、嫌なやつだとか恐いやつだとかとも、絶対に思われたくない。そのことと、小説を書くことは、自分の中で矛盾したまま両立している。

帆奈美との待ち合わせ場所に向かっている途中で、母からメールが届いた。中学時代の同級生からサインを頼まれたから書いてほしいという内容だった。母の中学時代の同級生が、なぜ朝陽が小説を書いていることを知っているのか気になった。母が言ったのだろうか。本名を伏せて活動しているのに、わざわざうちの娘がなんて話をするだろうか。する人もいるだろうが、母がそうしているところは想像できなかった。うちの娘がすごいのよ、とかそんなことを言うのだろうか。そういえば母から、小説家なんてずっとパソコンを使うから目が悪くなるし、外に出なくて人に会わずに考え続けるのも良くない、とは言われたことがない、と気付く。

今度帰った時に書くね、サインっぽいサインじゃなくて署名みたいな、楷書で名前書くしかできないけど。そう返すと、後半は無視して〈帰省まで待てないから郵送する〉と返事がきた。本の賞味期限、という言葉が頭に浮かんだ。本に消費期限はないのだろうけど、賞味期限はあるのかもしれなくて、その期間の長さは、受け取り手によって違っているんだろう。母対母の中学時代の同級生の間では短いんだろうと思った。

〈明日郵便局から送るから、お願いね〉

〈わかった〉

それでやり取りを終えたら、電車を降りたところで電話がかかってきた。待ち合わせ時間に余裕があることを確認して電話に出たが、どうせ帆奈美はまた時間どおりには来ないのだから、そんなのは考えるだけ無駄なことだった。

「もしもし」

「あれ、あんた外にいるの」

「うん、友だちとごはん食べに行くところ。どうしたの」

「いやね、朝陽が怒ってる気がして」

「え、わたし？　なんで？」

「メールの感じが冷たい気がして。でも怒ってないといいなと思って、確認したくて電話したの」

「えーよく分かんないけど、怒ってないよ、別に」

「それならよかった」

「メール冷たかった？　ならごめん」

謝ってみたが、母はもう興味を失くしたようで、「それじゃあサインお願いね」と言い残して電話を切った。朝陽は呆然として、通話の切れたスマホを耳に当てたままにしていたが、自分で自分のわざとらしさがおかしくなって止めた。スマホを鞄にしまってから、父の様子を聞き忘れたことに気付いたけれど、かけ直さずに歩き出した。

二十分ほど待ち合わせに遅れてきた帆奈美と、上野駅から数分歩いた裏道にある韓国料理屋に入る。サムギョプサルが食べたかったが、帆奈美に「そんなにお腹空いてないから無理」と断られ、海鮮チヂミとダッカルビを頼んだ。帆奈美はマッコリを頼み、朝陽はビールを飲みたかったけれど、いいねマッコリ、と言って付き合った。帆奈美のつまらなさそうな目が、それぞれ好きなもの飲めばいいのに、と語っているのは分かっていた。

父が骨折して入院したと話すと、朝陽の実家に遊びに来たことがあり、両親のことも知っている帆奈美は、

「ええええーおばちゃんかわいそう！」

と、真っ先に母の心配をした。

「退院した後が大変だねー。家で面倒みるの」

と口をとがらせて言い、マッコリをぐいっと飲んで、そういえば、と切り出したのは全く別の話だった。

「朝陽って子どもの時どんな感じだったっけ」

「なに急に」

「子どもっていうかわたしたちが知り合った頃だから、中学生の時」

中学生は子どもだから子どもの時で合ってる、と思いながら、中学生の時は子どもだと言われると腹が立つというより、大人の分かっていなさに苛立ちを感じていたのに、今は平気で中学生は子ども、と断じられる自分の思考に、これこそ大人だ、と頭の中でまた寄り道をする。

「中学生の時どんなだったかは、だって、知ってるでしょ」

中一で同じクラスになり、二年と三年はクラスが離れていたけれど、お互い帰宅部だったので放課後一緒に本屋に寄ったり、夏休みには一緒に図書館に行って宿題を片付けたり、していたはずだ。いつも二人だったわけではなくて、当時仲の良かったもう一人の子と三人で行動することが多かった。その子とは中学卒業以降すれ違う程度の会い方しかしていないけれど、今は結婚して関西の方へ引っ越したのだとなぜだか知っている。

「いや、なんか、あんま覚えてない。顔は出てくるんだけど、なんかそれも、記憶っていうより今目の前にいるあんたをベースに若返らせたイメージでしかない気もするんだよね。ずっと会ってるから。でも顔はまあ、正直どうでもよくて、中身というか、朝陽の性格ってどんなだったかなあって」

「今と違う感じ？」

「うーん、多分?」

「珍しいね、帆奈美がわたしのことに興味持つなんて」

「えーなにそれ」

かちんときた、と続けて言う。茶碗のようなマッコリの器をテーブルに置く。

「興味の方向についていて言われるのってなんか腹立つな。すごく」

「ごめん」

すぐに謝る。その軽さに合わせて、帆奈美も「まあいいけど」と空疎に許す。

「わたしが子どもの時どんな感じだったかって話だっけ」

「うん、でももういいよ」

「ごめんって」

「や、許したけど、もう興味なくなっただけ」

帆奈美がほんとうに興味をなくしている様子で、壁に貼られたメニューに視線をめぐらせ始めたので、黙る。

帆奈美は中学生の頃から基本的には変わっていない、と朝陽が思うのは、帆奈美が朝陽に見せる面を変えていないだけなのかもしれないけれど、そうだった。声が大きく自分勝手で、朝陽に深い興味を持たない代わりに、表面的で軽薄な興味も持たない。それをベースに、でも、社会人になってからは割り勘の時の小銭の出し方がスマートだったり、旅行のおみやげが距離のある、洗練されたセンスになっていたり、ちょっとずつ変わってはいる。歳を重ねたと言い換えるべきなのか。ならば、朝陽も同様に歳を重ねた分の変化は許されるはずで、はずというか、変わっている自覚があって、帆奈美に申し立てたいことがたくさんあるのだけど、これまで言ってこなかったから、急にあれこれ言い出すと、小説家になったからっていい気になってると思われそうで口に出せない。じゃあ急にじゃなくて徐々に話していけばいいじゃんって考えてみるのだけど、十五年も一緒にいて関係が変わっていないから、数か月かけて、一年かけてゆっくり伝えるようにしてみたって、感覚としては「急に言うようになったね」になる、ような気がしていて難しい。徐々に変わっていくのって無理だって思ってしまう。

「帆奈美は、昔からあんまり変わってないよね。本が好きで、ずけずけ言って、人と会うのが好きでっていう感じ」

朝陽があえて無邪気な声を作って言うと、帆奈美は音を立ててため息をつき、「もういいって」と会話を止めた。

「っていうかそんなふうに思ってるんだ」

なになについてそんなに呆れた顔をされているのか朝陽には分からず、「えー」と口を尖らせて、曖昧に笑った。

帆奈美から、〈実は結婚する〉というＬＩＮＥがきたのは、その夜のことだった。今日の写真でも送ってきたのだろうと予想して開いたトーク画面に、たった一言だけ届いていたそれを、朝陽はしんどい気持ちで眺めた。ああそれで、婚約者にアルバムを見せたか、もしかしたらもう結婚式の準備を始めていて生い立ちムービーでも作ろうとして中学時代のことを考えていて、それがさっきの会話につながったのか、と納得する。駅で別れてから一時間半。帆奈美はもう家に着いているはずだ。朝陽が〈なんでさっき言ってくれなかったの！笑〉と送るとすぐに既読が付いた。結婚相手と一緒にいるのだろうか。もう同棲しているかもしれない。帆奈美の口から、「一人分のご飯作るより買った方が安い」とかそういう発言を拾っていたから、当然一人暮らしだと思っていたのだけれど、あっという間に既読が付いたトーク画面を、帆奈美の隣からもう一人の人間が覗き込んでいる気配がして、指が焦る。それでも、反応がすぐに返ってこないのがこわくて、〈いやいやいやおめでとおおおおお！〉と続けて送った。これもすぐに既読になった。目元の筋肉から力が抜けていくのが分かった。目え死んでんね、と馬鹿にした帆奈美の声が、幻聴にしておくにはもったいないほど鮮明に聞こえた。

＊

アルバイト先を探す時の条件は、時給がなるべくいいことと、制服があることだった。両方の条件をクリアしていた居酒屋を半年勤めて辞めた後は、飲食店以外で、という三つ目の条件も加わった。バイト情報サイトで求人を見つけ、大学一年から二年になる春休みの間に働き始めたのが、マッシロストアの四階に入っているゲームセンター・PALゲームズだった。

大学一年の時は、深夜の居酒屋勤務は時給もいいし賄いが出るので一食分の食費が浮く、これは絶対いいと思って働き始めたけど、四時間か五時間、食べ物と酒のにおいに囲まれて立ち働いた後では食欲がわかず、脂っこいものばかりの賄いは胃が受け付けなかったし、なによりにおいが駄目だった。勤務をはじめて最初の一時間二時間は平気なのに、ある時から急に食べ物のにおいが駄目になるのだ。食べ物のにおいが駄目だなんてこれまでに経験がなかったので自分でも不安になり、バイト仲間に相談すると、次の日からわたしは妊娠中の身ということになっていた。それが本気で体調を心配されての推測なのか、ただにやにやと、まだ二十歳にもなっていなかったわたしの体を眺めるための口実だったのかは分からない。それらを分かろうとする前に、十五合炊きの炊飯器を開けたにおいで気持ち悪くなり、炊き立ての米の上にさっき食べたばかりの賄いのからあげを胃液まみれにぶちまけて、辞めることになった。

辞めた後で、一番親しくしていたバイト仲間のSNSに「つわりちゃん」なる単語が出てきたのを見て、バイト関係の連絡先を全部消した。SNSは、アカウントは消さずにスマホからアプリだけを消した。見なければ存在しないのと同じだと思ってそうしたけれど、そんなわけがなくて、毎日毎日頭の中で想像上のSNSは更新されていた――つわりちゃん元気かな。もう生まれたかな。最近SNS無視してるよね？――だから、〈久しぶり。バイト辞めてからけっこう経つけど元気にしてる？〉というメッセージが届いた時、ほんとうに誰だか分からなかったけれど、想像から逃げるために現実にしがみついて手を伸ばした。スマホが水没してデータが全部飛んだ、無精《ぶしよう》してバックアップも取っていなかったので誰だか分からない、と返信すると、相手は名乗らないまま〈けっこうかわいかった印象ある〉とだけ送ってきた。返信しないでいると翌日、〈なんで無視するの〉〈かわいいってほめてるんだけど〉と続けてきた。それから三日間スマホの電源を切っていた。離れて暮らす親も祖父母も高齢とはいえ大きな病気もなく元気でいるのに、今この瞬間誰かが危篤になったという重大な連絡が入るかもしれない、と悪い想像ばかりしてしまってしんどかった。でも電源は入れられなくて、三日が経ってようやく、昼間の大学の学食で、無数のざわめきに囲まれたまま電源を入れた。食べもののにおいに気持ち悪くなりながら、意を決して開いて見た画面に、メッセージは届いていなかった。誰だか分からない元バイト先の人だけじゃなくて、友だちからも親からも誰からも、なにも届いていなかった。

っていうことがあったんだよね、と話したかった。大学に入ってすぐ、新入生歓迎企画と称したフットサル大会が学科で開かれた。そのお知らせは学内のポータルサイトで届いており、大学主催の企画であることは間違いなかったのだけど、文学部に来るような人たちはみんなスポーツに苦手意識があるだろうと思っていたので、わたしは裏切られたような気持ちでそのお知らせを見つめた。友だち作りの場を提供されているのだということは理解したが、それなら好きな本を紹介し合うとか、お茶を飲みながら少人数単位に区切っておしゃべりする時間を作るとか、そんな企画にしてほしかった。力を合わせてチームスポーツをしよう、一緒に汗を流せば友情が芽生える。そんな決めつけの発想に対抗するために文学をしにきたんじゃないか、と正義感にも似た感情もわいた。わいたが、そんな感情をどこに発露すればいいのか。語学の授業で隣の席になった子と目が合って、わたしが口を開くより先に「フットサルだって。楽しみだね」と言われて、ますますなにも言えなくなった。

フットサル大会は大学の体育館で開催された。体育館は高校にあったものの三倍以上の広さで、バスケコート大の区画が六面と、その二面分の広さのステージがあった。運動できる服を持っていなかったので、この日のためにユニクロでストレッチパンツを買い、高校時代から着古しているTシャツと合わせて着てきたのだけど、ざっと見渡すとおしゃれなスポーツウェアや、スポーツブランドのロゴが入ったパーカーを羽織っている人ばかりで、しかもそれが緊張の漂うような新品ではなく、体になじんでいる様子で高校時代から使っている品なのだと分かり、わたしは文学部に来る人間にスポーツ好きなんていないという自分の偏見が全く的外れだったことに、足元から崩れ落ちるような心地がした。

こうして決めつけて予想を立てて、それに裏切られることはよくあって、その度にわたしは自分のことが嫌いになる。嫌いになるし、馬鹿だと思うし、あなどる。それでも別の人間になりたいとは思わず、自分のままで、でも自分ではないようにありたいと願う。この時は、体より二回りは大きいサイズのプーマのパーカーを羽織る、というよりは包まれるように着ていた女の子になりたかった。考えてみれば当たり前なのだけど、みんな真剣にフットサルをしているわけではなかった。知り合って間もない男女混合のチームで、中には社会人入試で入ってきた四十代、五十代の人もいたし、手に力が入らない障害のある人もいた。体格だってそれぞれで大きく違っていたから、みんなゆるくボールを蹴って回し合い、勝負ではない勝負を形だけ成立させていた。プーマのパーカーの子が、「がんばれー」と時折みんなに声をかけるので、わたしも近くに寄って「がんばれー」と真似して言った。プーマの子がわたしの顔を見てにっこり笑った。わたしは、プーマの子が「がんばれー」を二回か三回か言ったら一回言う、くらいのペースで続けた。どちらのチームが得点しても拍手をするその子より一秒遅れて拍手をする時、彼女の拍手の音より大きくならないように、長引かないように注意深く調整した。楽しいね、とその子が声をかけてくれた。みんなと仲良くなれそうでよかった。わたしもそう返した。

プーマの子はササキさんという。同じ学科で語学も同じクラスで、お互い大学の近くで一人暮らしをしていた。ササキさんはおそらく佐々木さんなのだけど、彼女の名前を漢字で書いたことがなく、PALの名札が全部カタカナ書きのせいか、人の名字を文字で思い浮かべる時、わたしの中でそれは全てカタカナになってしまう。けれどササキさんと親しくなった時、わたしはまだPALでアルバイトを始めていなかったから、ササキさんは佐々木さんでいいはずなのに、今思い出すとどうしてもササキさんになってしまう。

そのササキさんが、わたしが大学で一番親しくしていた友人だった。下の名前はあいりさんというのだけど、同じ学科にあいりさんが三人もいたので、ササキさんと呼んでいた。ササキちゃんとかササちゃんとか呼ぶこともあったが、いつの間にかササキさん呼びに戻っていた。お互いの家に遊びに行って、パソコンで映画をみることもあったし、二人で夕食を作って食べ、缶チューハイを飲むこともあった。授業の空きコマが重なれば、学食で一緒に昼ご飯を食べたり、学内のカフェテリアでケーキを食べたりもした。ゼミは別のクラスだったから、授業がぐっと少なくなった四年生で会う頻度は少なくなったけれど、卒業式は待ち合わせをして一緒に会場へ向かったし、袴姿で写真も撮った。ササキさんは今大阪の会社で働いている。わたしは大学卒業後も東京に残った。わたしの地元は長野で、ササキさんの地元は岡山で、四つの土地はばらばらで、会おうと決意しないと会えなかった。卒業してからも仲良くしようねと言っていた。実際、卒業して半年経った秋頃、わたしは大阪に遊びに行ってササキさんの部屋に泊まったし、その更に半年ほど後、ササキさんが出張で東京に来た時も声をかけてくれた。ササキさんはわたしの部屋には泊まらず、朝早いからと言って東京駅近くのホテルに泊まった。直接会ったのはそれが最後だ。時々、メッセージを送ったり送られたりしていたのも、就職二年目くらいまでだった。卒業して三年目、四年目は、どうしてるかなと思い出すのだけど、メッセージは送れなかった。

結婚でもしようかな、とこういう時にわたしは考える。連絡のきっかけにぴったりだからだ。今度結婚することになって。そうなんだ！　おめでとう。お祝いもしたいし今度久しぶりに会おうよ。えっうれしい、実はずっと会いたかったんだ。えーわたしもだよ、なんだか言い出せなかったけど。

ほんとうに？　――自分のシミュレーションに突っ込みを入れてしまい、頭の中で仮想世界のササキさんとわたしの二人がくるりとこちらを振り返る。その顔はどちらも、探偵に追い詰められた犯人の顔をしている。会いたいんじゃなくて、お互いに会いたいって思ってるけど言い出せなかっただけって言質《げんち》がほしいんじゃないか。例えばメルカリで、〈長く会ってないけど会いたいって思ってくれている友だちからの久しぶりの連絡　※ただし仕事の都合でほんとうには会えません。〉が売っていたら、みんな数百円どころか数千円は払うんじゃないだろうか。

ササキさんには、だから、小説家デビューしたことは伝えられていない。

＊

他人の叫び声が聞こえて目が覚めた気がしたけれど、朝陽が布団の中で手足をぴんと伸ばしたまま耳を澄ませてみても、外の道は静かで車の走る音も人の気配もしない。深夜特有のよそよそしい静寂がマンションとマンションの間に膨らんで、満たされている。

叫び声は夢で聞いたのかもしれなかった。恐ろしいものから逃げているようではなく、酔っ払いが叫びたくって叫んだだけのような、意味の抜けた感情だけの声だった。自分の声ではないのだろう。夢の中では、大声が出せないから。夢をみていた感覚はなく、目を覚ましたというのも正確ではなくて、どうしても眠れなくて仕方なく目だけつむって、刻刻と時間が過ぎていくのを感じ、こめかみの辺りにつらい気持ちが寄ってくるのを集中して散らし、握りこぶしを作ってしまいそうになるのを、指を解《ほど》いて意識的に力を抜くことで、少しでも明日の体力を作ろうと努力していた、そのさなかにはっと目を開けてしまった、という感じだった。あの叫び声が夢の中のものなのだとすると、知らず知らずのうちに眠れていたということだから、それでもいいのかもしれない。喉が渇いていた。

布団を抜け出して、水を飲むために台所へ向かおうとしたのに、朝陽がふらつく足取りで向かったのは、机に出したままにしていたノートパソコンの前で、電源を入れると暗闇の中できつい光にぱっと照らされた。急な刺激で目が痛かったが見開いたまま、パスワードを要求する画面を見つめていると、目にうっすらと涙がにじんだ。これから、昨日の夜書いた小説を消すのだ。そうするしかないのだ。

机の前に立ったまま上半身をかがめてパソコンに近付け、デスクトップに置いている書きかけのワードファイルを開く。ぽちぽちと文字を消していった。バックスペースキーを叩く右手の薬指がリズミカルにはねるのを見つめている自分を、朝陽は意識して見ている。

そのうちに、指を動かすのもそれを見続けるのもつらくなって、カーソルで範囲指定をして一気に消した。昨日は何時間くらい、パソコンに向かっていたんだっけ。時間を数えるのは悲しくなるためだ。でもこれは消した方がよかった。おもしろくないから。自分に寄りすぎていることが問題なんじゃない。実際に起こった出来事が小説として使えるなら、朝陽の人生なんていくらでも消費すればいい。書けるものなら書けばいいのだ。ただつまらないからだめだった。どうして書いている時には分からなくて、読み返した時でもない、なんでもないこんな時に、あれはどこにも出せない、と分かってしまうんだろう。

朝陽に興味を持つ人たちは、でも、こんなことには興味を示さない。それならば小説にだけ興味を持ってくれればいい、作品だけを読んでくれたらいいのに、作者のことも見せろ教えろという、くせに、朝陽が夜中に泣きながら自分の書いた小説を消しているなどということには興味を持たない。昼間どんな仕事をして、子ども時代はどんな性格で、学校ではどんな立ち位置にいた子で、小説以外の趣味はなにがあって、運動をするのかしないのか、お酒は飲むか、煙草は吸うか、結婚はしているか、子どもはいるかといった、一層外側のことにばかり興味があるのだ。

それはつまり、早見有日ではなく長井朝陽に興味があるということじゃないだろうか。長井朝陽なんていう人は、早見有日の小説には本来は無関係であるはずだ。いつも近くにいるというだけで、なんとなく取り上げられているにすぎないのに。

朝陽に興味を持つくせに、朝陽の内面の一番を占めている「まだ書けるだろうか、次もほんとうに書けるだろうか」という不安には、寄り添う気も、興味もないのだった。書けるでしょ、と思っているのだった。だってこれまでも書けたし、まだ書きたいことがあるんだから、あなたは大丈夫だよ、とほんとうに思っているんだった。寄り添いを求めるわけではないけれど、心を開いた一番はじめに置かれているそれはゆうゆうと飛び越えて、二番目三番目に置かれた事象にばかり興味を持たれることに、がらんどうの心地はする。

タンッ、と音を立ててエンターキーを押した。感情に任せて大きな音を立ててしまったのが一人で恥ずかしい。新しい行の一番上で、カーソルが点滅している。カーソルより右側に残った文章をさっと読んで、画面をどんどん上にスクロールしていく。もうどこにも消すべき箇所が残っていないことを確認して、ようやく腹の中の熱が冷めていく。腹の中になにか別の生き物がいるみたいだった。そいつに書かされているし、そいつに消させられている。つらかったり悲しかったりもする。でも止めたくはない。ササキさんのことなんて、長い間存在を思い出しもしなかったくせに、小説に書いたことで思い出して、思い出したことに傷つけられるなんて勝手だ。喉から締め付けた唸り声が出た。腹に力を入れて、胃の中のものを全部吐き出してしまいたい衝動にかられる。こんなこと書かないでほしい、とつぶやいた傍《そば》から、同じ声で、あんたの気持ちなんか関係ない、と鼻で笑われる。読まれたいのに「わたし」を知られたくないなどというのはずるいのだろうか。これにもすぐに、ずるいし傲慢だよバカ、と言い返される。バカ、という言葉が一際冷たくて残る。

インターネットを開いて、検索サイトで〈早見有日　配達会議〉と打ち込む。リアルタイム検索の一番上に「よく分かんなかった」という感想が出てきて、実際の行動として頭を抱える。顔を二の腕の内側にこすりつけ、伸ばした左の手で後頭部をかきむしる。万人に分かってもらえる作品なんてない、と本心から思うのだけど、同じ強さで、これが分かってもらえないならわたしという人間は絶対に理解されないし、どうしてあなたが分からないか分からない、と叫びたくもなる。分かられてたまるかという気持ちと、分かってほしいという気持ちと、分かり合ったつもりでいても芯のところで分かり合えるはずがないから別の人間なのだという確信で、息が苦しい。気付くと、朝陽は空いた右手で自分の喉を抑えていた。

今度こそ台所に行って、寝る前に水を飲むのに使ったガラスコップで、水道水を飲んだ。喉がからからだったから、コップになみなみたくさん注いだのに、二口飲んだところで手が止まり、それ以上は飲めなくなって捨てた。

ジャン・ジャラララ音がしている。

「ナガイさんってやっぱり子どもの時から本好きだったの？」

ナミカワさんと二人でカウンターに入り、伝票類の整理をしている時にそう尋ねられた。たった今思いついたから聞いた、という感じの唐突さだった。

「……そうですね。教室の隅で本を読んでるタイプの子どもでした」

どんな子どもだったっけ、と帆奈美に聞かれたことを思い出しながら、朝陽はそう答える。

「いや、その教室の隅で本読んでるタイプってたまに聞くけど、そんな子実際にいた？　うちの学校一人もいなかったけど！　あ、高校にはいたかな。小説じゃなくて参考書とかだと思うけど、そうじゃなくて小学生の時。十歳とか十一歳とか、休み時間に本読んでる子なんていなかったでしょ。漫画じゃないんだからさ」

いなかった、と断言されてしまい、でも読んでいたんです、とは続けられなかった。まあそうですねと濁し、「でもだいたいそういうタイプっていうか」と、無理やり自分が想定した型にはめ込む。ナミカワさんは「まあなんとなく分かるけどさあ」と、ナミカワさんの中にもあるのだろう型に、朝陽をはめ込んでくれる。朝陽はようやく安心して、「目立たなくて静かで、真面目な子どもだったと思いますよ。おもしろみがないっていうか」

と、これもどこかに掲示されていた人間のタイプの一覧から借りてきた言葉を付記する。

「えー、じゃあもしかして、子どもの頃から小説家になりたかったとか?」

「そうですね。小学生の頃からの夢でした」

「えええええー、すごいね!」

ナミカワさんが一際大きな声を上げる。カウンターから近い、一人プレイ用のメダルゲーム機に座る客の背中がわずかに伸びたような気がした。朝陽は意識して、抑えていると分かる声色で笑って返す。

「何者かになりたいって夢、子どもの頃にみんな持つじゃない。小説家とかサッカー選手とかアナウンサーとか建築家とか、医者とか? 分かんないけどそういう、普通じゃないすごい人になれるのって、まじですごいね」

ナミカワさんの声がまだ大きい気がして、ジャンラララララに紛れているのに、外へ声が広がって感じる。

「あの、別に、何者かになりたいって思ってたわけではないです」

「でも、子どもの頃から小説家になりたかったんでしょ?」

「そう、ですね」

「一緒だよ!」

笑顔のまま朝陽の言葉をはね返すナミカワさんの目の奥に、ここから先は駄目です、と書いてあるのが見えて立ち止まる。それは、メダルゲームコーナーにある〈ここから先、16歳未満の方は立ち入り禁止です〉の看板と同じフォントで書かれている。朝陽は、早見有日の名前なんか忘れてもらっていいんです、ただ小説だけは読まれたいんです、と言いたかった。

「ナガイさんはさ、確かに大人しい感じだからさ、自分で教室では目立ってなかったっていうなら、そうだったのかなーと思うんだけど、そんな子がこうして小説家になってたらさ、びっくりするだろうね、昔からの友だち」

ナミカワさんは自分の記憶の中の、恐らくは名前をフルネームで思い出せない同級生たち、手に本を抱えてはいなくても記憶の中でおそらく俯きがちな、〝そんな子〟とひとまとめにされる子どもたちを、頭の中に急遽整えた特設会場のステージに無理やり立たせて置き換えているらしく「ははあ」と感心した声を上げている。

「分かんないもんだね人生」

その言葉は、想像上のステージに立つ子たちに手元の本を投げつけるようなものだったけれど、ナミカワさんは褒めているつもりで、朝陽も「ねえ」と嬉しそうに同意したが、頭の中では「そんなことない」と全力で否定していた。こんなことばかりだ。否定しながら同意するのだ。

子どもの頃の長井朝陽がどんな人間だったかなんて、小説家の早見有日になにか関係があっただろうか。長井朝陽が大人になった先の人生に、早見有日の名前で小説を書くことがあるからだろうか。人生は分からないものだろうか。子どもだった長井朝陽は、自分が小説家になれるとは思っていなかった。だから人生は分からない、で正しい。でも長井朝陽は、早見有日ではないから、早見有日の人生とは関係ない、とは言い切れないのだけど、でもあの頃の、教室の隅でほんとうに本を読んでいたあの子――ナミカワさんにはそんな子ども現実にはいないでしょと言われてしまったあの子と、早見有日とが、朝陽にとってもつながらない、別の次元の話のように思えて仕方ない。

思考がまだ伸びそうだったが、その気持ちよさを箒《ほうき》で掃くように散らし、朝陽は「ナミカワさんはどんな子どもでしたか？」と尋ね返す。

「わたしは今と一緒！　ぜーんぜん変わんないってよく言われる！　昔っから声でかいしさー、勉強嫌いだし、運動もそんな得意じゃないし、でも休み時間はめっちゃ走ってるみたいな。静かにしなさいって怒られ続けた子ども時代だよ。本読んだり漫画読んだりするより、なんでもいいから友だちとなんかしてたいって感じだった」

人間のタイプ一覧表から、「ファッション誌を小学生の時から買い始めた」と「〝あの子無視しようよ〟に加担したのは小学生まで」を勝手に選んで、仕返しのような逆恨みのような決意で、ナミカワさんに貼り付ける。この人と友だちになりたいと思うのではなく、この人は友だちが多いだろうと思い、そこにいいなあという羨望を抱くでもなく、どちらかというとほんのりと気の毒だなあという感想を抱いてしまうのは、ナミカワさんのことなのについ自分に置き換えて考えてしまうからだ。こういうところが想像力の身勝手なところだ。友だちがたくさんいるのは、あっちに行ったりこっちに行ったり気が休まらなくて大変そうだから嫌だ、とナミカワさんは思わなさそうなことを朝陽の気持ちで考えてしまっている。

朝陽は友だちより本が好きだった。友だちとなにかをしているより一人で本を読んでいる方が楽しかった。そういう子どもだったし、今はそういう大人だ。横目でナミカワさんの頰のあたりをそっと窺う。何年も一緒に働いているのに、朝陽はこの人が好きな色も知らない。目を逸らすと、今度は頭の中に帆奈美のことが浮かんだ。どんな子どもだったっけ、と聞かれたんだった。本が好きな子どもだったよ、と言いたい。本が一番、なにより、好きだった。

ナミカワさんが整理を終えた伝票をダブルクリップでまとめて、慣れた手つきで処理済みのボックスに投げ込んでいく。ナミカワさんは朝陽がバイトを始めた時にはもう、ＰＡ

Lで働いていた。年齢は一つ上で、今年二十九歳になるはずだ。これからもうちのバイトを続けるのだろうか。気になったが聞いたことはない。「プリクラの方、点検してきまーす」と言い残して、ナミカワさんがカウンターを出て行く。腰から吊り下げた鍵類が光った。カチャカチャ音を立てているはずだけど、ゲームの轟音に紛れて朝陽の耳には届かない。

『配達会議』が発売された時に、いくつか新聞社の取材を受けた。その全てで「どうして小説を書いているんですか」と聞かれた。どうしてと言われても、どうしてだか分からない。「だから書いているんです」という受け答えをするのは恥ずかしすぎるが、嘘をつくわけにもいかないので、そのまま答えた。取材に来た記者はへえ、と平坦な声で相槌を打った後で、取り繕うように「そうなんですね、それで」と続けた。平坦な声だったというのはわたしの被害妄想かもしれず、と思うということは被害を受けたと感じているということで、なんだかそれは大げさで、いちいち傷つくのも恥ずかしい。取材を受けるのはいつも恥ずかしい。勝手にぼろぼろになるので、せっかく綺麗に出来上がった本を、両腕で抱えて胸と腹に押し付けて隠すように前かがみになって守る。そんな自分の体が外側からぼろぼろこぼれていくイメージが頭の中に残り続ける。

帰宅してノートパソコンを立ち上げると、瓜原さんからメールがきていた。先々週受けたインタビューが掲載されたらしい。〈本誌は郵送しますね。とりいそぎ〉というメッセージに、ＰＤＦが添付されている。女性向けの生活情報雑誌の一ページだった。上半分が本の紹介で、下半分に早見有日の写真と記事が載っている。

本の表紙の写真の方が、朝陽の顔写真より何倍も大きく目立っていて、安心する。朝陽のことなんかはどうでもいいんだから、本の話をしてほしい。ほんとうは、本だけを載せてほしいのだけど、そういうわけにもいかないらしく、作者の話も合わせて載せられる。インタビューを受ける度に、もっとおもしろい人間だったらよかったと切実に思う。生まれも育ちも特筆することがない。大きな功績もない代わりに大きな不幸もない、凹凸の少ない平坦な人生を歩んできたのだ。取材に来る記者の人生の方がもしかしたらいろいろあるのではないかと思うし、取材を受ける時にいつも同席してくれる瓜原さんは中学校を卒業する年齢まで、瀬戸内海にある人口三百人の島に住んでいたというから、絶対にそっちの話の方がおもしろい。

本の紹介文にざっと目を通してから、自分のインタビュー記事を読み始める。こんなことを言っただろうか。

〈他人になりきるというより、他人のそばにくっ付いていてずっと見つめているみたいな立ち

位置で、書いているつもりです。だから一人称より三人称の方が書きやすいのかもしれません。すこし、自分と距離ができて〉
〈書きたいことは、意識できていなくても、書き始める前から決まっているように思います。テーマというほどはっきりしていないんですが、なんとなくぼんやりとこういうことが書きたいんだっていう方向性が頭の中にあって、それをぼんやりしたままですけど、辿って行っています〉
どちらも、しっくりこなかった。そういう考えの人もいるだろうけど、自分は違うな、と感じた。けれど朝陽が話したことになっている。朝陽がというか、早見有日が。
プロットを立てずに考えながら書く自分のやり方は、近いうちに限界がやってくるような予感があった。プロットを立てないで書けるなんてすごいね、と曇りのない目で賞賛してくれる人たちが、次の作品を読む時には些細なほころびをつまんで引き上げ、だからこういうところが出てきちゃうんだね、と嘲笑する絵が頭に浮かんでいる。インタビューを受ける時に、どうしてこの話を書こうと思ったのですかと尋ねられて、いつも自分では分からない。書いているうちに書いてしまったというのが一番正直だけれど、そのまま話すと、あなどられるのではないかとこわい。てきとうに書いて偶然できてしまったんですね、たまたま書けて良かったですね——そんなことは誰にも言われたことがないのに、複数人の声で記憶されている。たくさんの場面で、いろいろな立場の人から言われたような、経験していることと同じ強さの居心地の悪さがある。自分が一番そう思っているのだろうということは、分かっている。

この記事のインタビュアーは四十代後半くらいの男性で、その年代の男性はＰＡＬの客で見慣れているはずなのに、紺色のジャケットに同色のシャツを合わせた着こなしも、こちらの警戒心を強制的に解くような顔全体を使った微笑みも、初めて見るタイプの人だった。小説家としてデビューしてから、小説や漫画やテレビドラマといったフィクションの世界でしか見たことなかった身のこなしをする人を、たくさん目にするようになった、と朝陽は思う。中年男性なんて、不愛想か高圧的かの二種類しかいないと思っていたが、その記者はどちらでもなかった。穏やかで物腰が柔らかく、かといって御しやすいという雰囲気でもなく、こちらもきちんと応対しなければと緊張感を強いてくる魅力もあった。こういう人を自分の小説では出したことがなかったから、いつか使わせてもらおう、と心に思い留めた。

もしかしたら緊張されているかもしれないので前振り程度に、これは記事にする質問ではないですが、という前置きをされたうえで、「この間の週末はなにをされていましたか？」と聞かれた。

週末はずっと小説を書いていました。と、そういう答えが求められているわけではないんだろうな。もっと作家個人の素顔が見えてくるような日常のエピソードがほしいんだろう……いやでも、どうだろう。もっと有名な作家ならともかく、デビューしたばかりのこんな誰も知らない作家がどんな人物か知りたいという人なんて、ほんとうにいるのだろうか。本だって一冊しか出ていないのに、どんな人だろうって作品の向こう側まで気になるなんてこと、あるだろうか。

「友人と、買い物に行きました。書店で働いている、本好きの子なので、一緒に出かけると服屋とか雑貨屋よりも、本屋にいる時間の方が長くなるんですけど」

これくらいがちょうどいいだろうか、とこの間の週末ではなく半年以上前に、帆奈美と出かけた日のことを思い出しながら話した。帆奈美がはまっているという海外のファンタジー小説を薦められて、ファンタジーはあんまり好きなジャンルじゃないのでさりげなく話をそらしていると、全然さりげなくはできていなかったようで、「ひどい」となじられて、二冊買うことになった。帆奈美は「布教に成功した」と機嫌を直したけれど、帰宅して読み始めたその本を読んでも心が動かず、帆奈美に憤慨するというより、自分の好みの外にある物語を受け入れられない自分の狭量さにがっかりした——そんなところまではもちろん話さず、ただ頭の中で思い出していたせいで、変な間を置いてしまっていたらしい。

「本屋は、よく行きます」と間の抜けた言葉でしめると、相手はおおらかな笑みを浮かべて「そうですか」と応じた。そうだ、余裕のある人だったのだ。相手の余裕が大きいほど、朝陽は追い詰められた気持ちになる。ほんの少ししかない自分の分の余裕まで差し出さなければならないような気がしてくる。

帆奈美とは会えていないままで、と考えると会いたいのかもしれなかったが自分から誘いはせず、誘われもしないから会っていない。メッセージのやりとりは何度かしていて、来年結婚式をするから来てほしいと言われていた。

〈それで、小説書いてる友だちがいるって話を彼とか式場の人にしたら、友人代表の挨拶をお願いしたいってことになって。朝陽そういうの嫌いだろうけど苦手ではないでしょ。どうかどうかどうかお願い！　で、小説家ってことも言ってほしいから、名前をどうしようかって。本名伏せてるでしょ。席次表とかに載っちゃうから、あれだったら早見有日の方で来てもらえたらと思うんだけど〉

という話にどう返そうか迷って、返信を止めてしまっている。そうだ早く、返信しないといけない。こめかみが痛み、息を長く吸うと、鼻腔が刺激されたせいか鼻水が垂れた。右手の甲でそれを拭って、もう一度インタビュー内容を見つめる。

緊張していた。していたけど、こんな、思っていないことばかり、話したのだっけ。

ＰＤＦを閉じてメール画面に戻り、瓜原さんに返信する。記事を読んだこと、緊張していたせいか自分がこんなふうに話したなんて全然覚えていないこと。深刻にならないよう、〈全然おぼえてないです（笑）〉と誠実さを欠いた調子で送ると、すぐに返信がきた。二十時を過ぎているが、まだ編集部にいるのかもしれない。

〈取材、緊張しますよね。でも早見さん全然緊張してるように見えなかったですよ。なめらかに受け答えされてましたし、内容も記事のとおり、すごく魅力的でいいと思います〉

やはり朝陽が答えていたことには間違いないらしい。瓜原さんが覚えているというのなら、そのとおりなのだろう。朝陽というか早見有日が、そう答えたのだ。

なんだかどっと疲れ、ありがとうございます、と簡単な返信をしてパソコンの電源を切った。あの記事が載った雑誌が来週には発売されて、何人もの人の目に触れるということ、触れた結果、作者が覚えていない言葉になにか感じるところがあって、本を買ってくれる人がいるかもしれないという事実が、物理として重たく、瞼の上に重ねられた心地がして、目を閉じるしかなくなって閉じた。

＊

アドさんが来なくなった後も、息子の人は来店し続けた。いつもスロットゲームをしている。アドさんと同じように、あのスロットゲーム機がなくなったらもう来なくなるのかもしれないが、スロットゲームは人気があるので廃棄されることはないだろうし、そもそも三種類もあって、息子の人は決まった席にいるわけではなく、日によって黒い筐体前にいることもあれば、奥の金色の筐体の前にいることもあった。

ＰＡＬのロゴマークが付いたポロシャツの胸ポケットにカメラを起動したスマホを入れ、フロアの見回りをするふりをして、スロット前に座る息子の人を撮った。昼休みにトイレの個室で動画を再生すると、フロアのジャンジャラララ音が響いたのであせった。スマホのサイドボタンを連打して音量をゼロにし、改めて再生すると、ぶれがひどかったけれど、息子の人はしっかり映っていた。フロアを歩くわたしを気にする様子は全くなく、表情のない顔でスロットを見つめている。前のめりになるわけでもなく、ゆったりした姿勢で座り、右手を細かに動かしている様子は、彼が常連だと知らない人から見ても慣れていると分かるだろう。スロットの前にばかりいても怪しまれるので、メダルゲームの方へ行き、「コインキャッチャーアドベンチャー」の跡地を巡り、音楽ゲームとクイズゲームの並びを通り、もう一度スロットの近くに戻ってきた。

スマホの小さな画面で見るフロアは、昔の光景みたいに見えた。映像だからだろうか。

今もトイレと廊下と休憩室を挟んだ向こう側にあるフロアの姿が、スマホの動画で見てみると、変に嘘くさい。こんなところ、現実にあるわけがない。そんな気がしてくる。息子の人は、一度もわたしの方を見なかった。映像が終わる。

もしかしたら他にも死んでいる人がいるかもしれない、と思い付いて店内を見渡してみると、一回三百円のＵＦＯキャッチャーの前に、長い間佇《たたず》んでいる女の人は、バイト時代の先輩と似ているように思えた。息子の人を乗せた車も、その人に借りたのだった。ごはんを奢ってもらったし、スーツを買ってもらったこともある。何度も二人や三人で飲みに行って、明け方までカラオケで歌うでもなくだらだらと過ごす時間を共有したことだってあるけど、なにが好きでなにが嫌いで、あるいはもっと漠然とどんな人なのかということを、よく知らないままいなくなったから、当たり前のように忘れていたのだった。

その人の前にあるＵＦＯキャッチャーの商品は、両手で持ち抱えると自分の顔が隠れてしまうくらい大きいディズニーのぬいぐるみで、正面からだけではなくて、左右に動いていろいろな角度から覗き込んでいるので、プレイするか迷っているだけの人かもしれなかったが、三十分前にも、一時間前にもいたような気がしたし、考え始めてみると、昨日も、一昨日も見かけたような気がしてくる。芯の黒を隠しきれない暗い金色に染めた長い髪、力のある目元にすっとした頰のライン、首が長くて肩が大きくがっしりしている。数年前に辞めたきり会っていない人の顔を、こんなに覚えているのも不思議だ。さっきまで忘れていたのに、急にはっきりと記憶がよみがえってきた。先輩の周辺情報は上がってこないのに、指定したみたいにそれだけが。こういう思い出し方は不自然で、なにか良くない仕方であるように感じて気持ち悪い。

先輩はいつどんなふうに死んでしまったんだろうか。七歳ほど年上だったように思う。だとすると今は三十五歳とかそのくらいになっているはずで、UFOキャッチャーのディスプレイに触れている姿もそれくらいに見えたから、亡くなったのは最近のことなのかもしれない。事故か病気か自殺か事件か。死に方は四つくらいしか思いつかないが、首を傾けてぬいぐるみの位置を細かく確認している彼女が、なんらかの理由で命を落としたことが悲しく、その動きから目を逸らせないでいた。

悲しみの気配を感じ取ったのか、ふっと彼女がこちらに顔を向けた。「あっ」と叫ぶと小走りで駆け寄ってくる。わたしの名前を呼び、破顔して、久しぶりだねえ、と声を上げた。先輩は生きている人だった。

・生きてた
・生きてたけど、

裏の中華料理屋に入ったのは久しぶりで、そういえばどうして来ていなかったのだろうと考える。休憩室でコンビニ弁当を食べることが多いけれど、仕事帰りに近くの居酒屋に一人で入ることも少なくはないのに、この中華料理屋には来ていない。

「潰れてなくてよかったー」

と明るい大声で先輩が言い、若い男性の店員が困ったように、でも嬉しそうに笑っている。そうだこういう人だったと思い出し、自分の防御がゆるむのが分かる。

「餃子とレバニラと麻婆豆腐と、生ビール二つ、とやっぱり最初からお米欲しいかも。チャーハンも」

メニューを片手にさっさと注文してしまうと、先輩はわたしの目を見て「ほんとうに久しぶりだねー」と明かりを注ぎ込むように笑った。

「まだ小説書いてるの?」

笑顔のまま尋ねられ、言葉に詰まる。顔が引きつったのが分かったのか、分かっていないのか、先輩は「書いてたよねー確か」と軽い調子で続ける。小説のこと話しましたっけ、と問い返す自分の声が不気味なほど冷静だった。話しているはずがなかった。誰にも言ってないことのはずだ。強くそう思うのに、確信する一歩手前で、強烈に自分を疑う声が上がる。話してしまっていたかもしれない自分を、軽蔑する気持ちがはね上がり、頬が熱くなる。えー話してたよー、と答える先輩はどこまでも軽い。側面に傷がついたプラスチックのコップに手を添えている。

「小説書くのってしんどくないの。物語は嘘っていうかフィクション、だとしても、あんなことを思ったとか、気付いたとか、傷ついたとかって、忘れていくじゃない、みんな。わたし、日記を毎日書く人とかも信じられないって思うんだけど小説も、十年経って二十年経って、読み返した時に、あの頃の自分はこんなことに興味があって、気付いてしまって、書いていたんだって分かるのは、こわくないの」

「どうなんですかね」

あははと笑って、水を飲んだ。水はカルキ臭くてぬるかった。店員が生ビールを持ってきた。受け取って乾杯し、一口飲む。まっすぐな問いに誠実に答えられないような人間だから、小説を書いているという秘密を先輩に話してしまって、話したことすらも忘れてしまっているのだと思った。悲しくなって、せめてもうすこしなにか言いたくて、

「わたしは忘れっぽい方で、自分の年齢とか昔のこととか、昔じゃなくても一年前とか二年前のこととか、すぐ忘れてしまって。五年前に同期入社して、一年で辞めた子がいるんですけど、まあまあ仲良くしてて、休みの日に飲みに行ったりもしてたのに、三、四年会

ってないだけで、顔とか頭の中ではっきりと思い出せないし、名前もぱっと出てこなかったりして、ひどいですよね。でもそんなだから、そうですね、小説書いてても、なに書いたか忘れたりするんで、大丈夫なんですかね」

へー、と先輩が興味なさそうに相槌を打つ。そうだこういう人だった、とわたしは更に警戒をゆるめる。優しく丁寧にされるよりも、ぞんざいに関わられた方が安心する。安心するとゆるむ。

「先輩のこともちょっと忘れてました」

ゆるんだ隙間からこぼれてしまった告白を、「ちょっとって」と先輩は笑って受け取ってくれたけれど、おおらかな人の笑顔はこれだから信用できない。なんなのこいつと思っていたとしても、それを顔には出さないのだ、きっと。家に帰ってからそういやむかつくなああいうのって、と思われるのかもしれないのだった。

「忘れてたけど、思い出してきました。ここの中華めっちゃ奢ってもらってたし、就職決まった時スーツ買ってもらったし、就活の時に車も貸してもらったし。ていうかめちゃくちゃお世話になってたのに忘れててすみません」

「ほんとだよ」

「だって、先輩、いきなりいなくなったじゃないですか。黙ってバイト辞めて。それで、」

と言い訳を続けようとしたわたしの言葉を、先輩が手を挙げて遮った。

「ていうか車貸したのってあなたにだったっけ。そっか。あれだよね、どこか地方の、栃木？　群馬か福島？　だっけ、忘れたけどそっちの方の、おみやげも買ってきてくれたよね。あの頃仲良くしてた子がかなりの人数いて、ちょっと違う子と混同してた」

そっかそっか、と先輩が頷いている。おまたせしましたーと明るい声の店員が頼んでいた料理をまとめて全部運んできた。油の匂いに食欲が刺激される。テーブルに置かれていた箸を手に取って「いただきます」と手を合わせ、おまけで置かれたザーサイを食べる。先輩が料理に手をつけないので大皿に手を伸ばせないでいると、じっくりとした視線を向けられた。先輩が「あのさ、」と先ほどまでより重たく口を開く。

「車を貸した後しばらく、車に知らない男の人が乗ってることがあったの。二十代半ばくらいかな。ひょろっとしてて……。いつの間にか後ろの席に乗ってて、最初は絶叫しちゃった。駐車場に停車してる時でよかった。めっちゃこわくて慌てて車から降りたけど、その人はじっと乗ったままで、外から話しかけても無視だし、なんなのまじこわいと思って、警察呼ぼうと思ったら消えてたんだよね。めちゃくちゃ実体あったけど幽霊なのかよってぞっとして、その後車乗るの嫌だったけど家帰らなきゃだし、乗って、そしたら翌々日くらいだったかな。また出て。今度は信号待ちしてる時に。最悪だよね。慌てて路肩に車停めて降りた。悲鳴は上げたけど、ああいう時ってパニックになりながらも自分の命は守れるもんだなあって感心するよね。で、車の外から見たら前と同じ人で、二回目だからめちゃくちゃ怖いんだけどちょっとは慣れてて、いや慣れるのもおかしいんだけどね」

「それって、どんな人ですか」

「特徴なかったな……俯きがちだったからかもだけど、印象が薄い顔立ちで。ああ、服が、オレンジ色のトレーナーだった」

先輩はジョッキを傾けて口を付けたけれど、あんまり減っていない。店内が涼しすぎるように感じた。

「それでその後、どうなったんですか」

尋ねながら、その先の話をわたしは知っている気がした。

「その後も二回、その人がいつの間にか乗ってて、でも警察呼ぶ前に消えてっていうことがあって、なにかされたわけではないけど怖すぎるし、まあまあ新しい車だったけど売っちゃおうと思ったんだけどでも、あの車って親に買ってもらったやつだったんだよね。バイト行くのに毎回電車乗るのは大変でしょうってことで。だから売りにくくて、で、仕方ないから車でバイトに来て、マッシロストアの地下駐車場に停めた時、やっぱりその人が出てきて。なんかさあ、わたしさあ、バイト前でちょっとオフィシャルモードになってたのかさ、悲鳴も上げなくて、うわっと思っただけで、その適応力はやばいと思うんだけど、それで、いいかげんうんざりしてたのもあって、運転席から降りてその人が乗ってる後部座席のドア開けて、『出てって』って言ったの。そしたらその人、ほんとに出て行って」

「車から出て行って……消えたんですか？」

先輩が首を横に振って、困ったような顔で笑った。

「車降りて、エレベーター乗り込んで、まじかと思って階数表示見てたら四階で止まって。まさかと思うでしょ。従業員口から入って着替えてフロア出たら、いたんだよPALに、その人。スロットのところ。怖すぎるでしょ。もう無理で、バイト辞めたの。車も売った。PALのバイト長かったし好きだったけど、怖くてマッシロストアにも立ち寄れなかった。それきり、その人がわたしのところに出ることはなくって、嫌な思い出だけどまあもうけっこう忘れ始めてて、今度奈良に引っ越すことになったからさ、今日は、その前に懐かしみに来たの」

わたしの顔が凍り付いていたからだろう。先輩が大丈夫だって、と安心させるように笑った。

「もういなかったから。スロットのところ、ちゃんと確認しといたけど、その人はいなかった。ていうか信じてくれるのこんな話」

先輩にはあの人がもう分からないのだ、だけどわたしには分かるのだ、ということに戦慄する。それなのに、怖すぎですよー、と言う、わたしの声が明るいことにわたしは失望しながら、先輩と同じくらいはつらつと笑っている。

＊

社内報にコラムを書くっていう件、やっぱりできません。家でちょっと書いてみたりも、したんですけど。そう申し出ると、マネージャーはそんな話もあったねと言いたげな軽さで、「いいよいいよ、仕方ないよね。挑戦してくれてありがとう」と簡単に許した。

「無理なら無理で、むしろはっきり言ってくれてよかったよ。それならナガイさんにはこれまでどおり現場に出てもらって、広報課に時々行くって話はいったんなし……ってことでいいよね」

朝陽はもう一度「すみません」と視線を下げた。空気清浄機の稼働音がブーンと響いて聞こえた。書けないと謝るのは小説家の仕事だろうか、と朝陽は考え、そうだとすると今ここにいる自分は長井朝陽なのか早見有日なのか、また分からなくなる。

マネージャーは、いやいや全然、もう全然、気にしないで、と手を振りながらフロアへ出て行った。扉が開いた瞬間、休憩室の中に爆音が差し込まれ、扉が閉まっていくのに合わせて音も素直に小さくなっていった。小説家の目線でゲームセンターのことを書くという企画はマネージャーの発案だと思っていたけれど、実は広報部長の思いつきで朝陽に話されたもので、マネージャーも取り扱いに困っていたのかもしれない。困っていたというなら、いきなり部下が小説家になりましたと言われたのだって、困っていたんだろう。最初こそおもしろがる要素があるかもしれないが、驚きが去ってみればPALの仕事に活かせる特技というわけでもないし、マイナス面の方が多い気がする。やっぱり職場で小説のことは黙っていた方が良かったのかもしれないと、今更後悔しているがもうどうしようもない。

仕事を辞めないといけないのかもしれない、と考える。小説の収入だけではとうてい生活できないから、PALを辞めるというのは現実的ではなくて、辞めちゃおうかなと心の中で思うそれは、仕事がうまくいかなかった時に溜息の代わりに吐くような都合のいい諦念だったのだけど、真剣に考えるべきなのかもしれなかった。長井朝陽か早見有日か、どちらかを選ばないといけないのであれば。

「へえ、あの話、断っちゃったんだ」

ナミカワさんは驚いたように言って、その時だけ手元のスマホから顔を上げて朝陽の顔を見た。油断していたので適切な表情を返せていたか自信がない。

スマホを見ながら話をする人がＰＡＬの休憩室にはたくさんいる。短い休憩時間の中で食事を取って、数時間勤務した間に届いていたメッセージにも返信しないといけないので、時間がなくって忙しくて大変、という顔でみんなスマホを見ている。朝陽も形ばかり似せようとスマホを手に持ってはいるものの、この数時間の間には誰からもメッセージが届いていないし、人と話しながら別のことをするのは苦手なので、ただ持っているだけだった。時々画面を点けたり消したりしている。

「なんで？　チャンスなのに」

チャンスという言葉にぴんとこないまま、朝陽は、

「だって、小説家の視点でゲームセンターがどんなところかなんて書くなんて、なんか上から目線っていうか……、わたしはただの平社員で、ＰＡＬのイメージアップにつながるようなコラムなんて、思いつかないですし」

と説明する。ナミカワさんの表情がどんどん険しくなっていくのがこわかった。

「そうかなあ」

ナミカワさんが首を傾げる。

「ほんとうに思いつかない？　小説家目線でコラムが書けないなら、小説を書いちゃえばいいのに。だめなの？　例えば、子どもの頃、両親に連れて来てもらってたゲームセンターに、大人になった主人公が仕事で疲れた日に一人で遊びに来て、子どもの頃と大人になった今じゃ遊ぶ筐体も違うけど楽しいのは同じだって思って……、で、そうだなー、あっ、父親か母親が死んじゃって、お葬式とかいろいろ終わって、落ち着いて、久しぶりにＰＡＬに来るんだけど子どもの頃のことばかり思い出しちゃってつらくなって遊べなくて、それから足が遠のいちゃうんだけど、えーと、そうだね、実はつらい時に支えてくれる恋人がいて結婚して子どもができて、その子どもと一緒にまたＰＡＬに遊びに来て、子どもが楽しそうにポケモンのゲームしてるのを見て、ああ自分の両親も昔こんな気持ちで自分のことを見てたんだなってしみじみする、みたいな。それでまた自分もゲームで遊びたくなる、みたいな。ね、よくない？　どう？」

　ありがちだが、もし早見有日がそれを書いたら、ＰＡＬの広報部長は喜ぶんじゃないかと思った。朝陽が「いいと思う。ナミカワさん、すごいね」と感心すると、ははっとナミカワさんはスマホ画面を見たまま笑って、

「広報ってつまり本社の仕事でしょ。それ受けたら、本社で働く足がかりになったりするんじゃないの？　とかさ、考えないの？　ナガイさん、ずっとフロアで働くつもり？　な

んかさ、そういうのわたしだったらすぐ考えちゃうからさ、ナガイさんは考えないんだなって思うと、なんかね」

と早口に並べた後、あっはっは、と重たい声で言う。

「わたしでもてきとうに物語は思いつくけど、それをうまい具合に書いてまとめられるかって言われたら無理。でもナガイさんはできるんでしょ。だからさ、ＰＡＬのためにコラムかなにかを書くって仕事は、できないんじゃなくて、やりたくないんでしょ。別にいいけどさあ、なんかＰＡＬも勝手っていうか都合よく使おうとしてるのひどいなあって思うし。でも、ナガイさんもさ、能力が足りなくってほんとうに無理なんです、みたいなのはちょっと嫌な感じ」

「えっ」

「できることをやらないっていうのは、ずるいよね」

よね、と同意を求める口調で言われたので、反射的に小さく頷いてしまい、多分こういうところもむかつかれているんだろうな、と朝陽は思う。

「ナミカワさん、なにか怒ってる？」

そんなことを聞いたら、余計に怒らせるだろうかと思ったけれど、聞かないで「そうだよね」と言って流してしまったら、ますます怒らせてしまうような気がして、尋ねた。自分がほんとうはなにを知りたいとか、ナミカワさんがなにを考えているのかよりも、今この場の空気を和らげたかった。こんな空気のところでは呼吸ができない。

「ごめん、感じ悪かったよね。怒ってはいないんだけど、」

と言葉を区切って、気まずそうな顔になる。

「なんだろう、ずるいって思う気持ちがある。これはなんていう感情なんだったっけ」

「そんな、」朝陽は思わず微笑んでしまう。「そんなこと、聞かれても」

「ナガイさんって、よく分からないな。今って笑顔でいられるところかな。わたしとか、周りの人のこと、脇役だと思ってばかにしてるんじゃない？」

ナミカワさんのかたい表情を見つめ返して、朝陽が絶句すると、ナミカワさんは、「ナガイさん、仕事中はしっかりしてるのに、小説の話になるとおどおどするよね。それってなんで？　小説は大事で、ＰＡＬの仕事は大事じゃないから？」と一息に言い放ち、はあっ、と勢いのあるため息を吐き頭を振って、「ごめんごめん、だめだなあ」とつぶやいて休憩室を出て行った。

一人になった休憩室で、休憩時間が残り十五分あることと、ナミカワさんは多分裏にある従業員用トイレか自販機の辺りにいるだろうということを、落ち込んでいく気分の底に手を添えながら、冷静に把握する。声をかけに行った方がいいのかもしれない。今日は朝陽もナミカワさんも夜勤で、まだあと四時間以上一緒に働くのだから、ぎすぎすした空気をフロアに引きずるわけにはいかない。そんなふうに体裁を整えようとすることが、ナミカワさんに「ばかにしてるんじゃない？」と言われる所以《ゆえん》だとしても、そうした方がいいに決まっている、けれど体が重たくて立ち上がれなかった。

周りの人たちのことを脇役だなんて思っていない、と朝陽はテーブルについた染みを見つめながら、思うというよりは自分に確認するように考える。ばかにしてるんじゃない、というナミカワさんの問いは痛みを伴って芯に刺さった。それは図星だからだろうか。朝陽はむしろ、ばかにされているのだと思っていたのだ。ナミカワさんはいい人で、性格が合うかは別として、微妙な居心地の悪さまで含めて、朝陽はナミカワさんに好かれていたかった。テーブルの染みは、今日の昼食をここで食べた誰かがこぼした跡だろう。朝陽は半ばぼんやりしたまま、ポケットティッシュを取り出し、力を入れてそれをこする。他人の残した汚れをぬぐうことができるのは、社員として今ここに置かれているからだ。朝陽は道に落ちているゴミをいちいち拾ったりしない。休憩は残り十分になった。早くナミカワさんに声をかけに行かなくちゃと思う。それもまた、自分が社員でナミカワさんがアルバイトだからだ。ナミカワさんは朝陽が学生バイトだった時からずっとＰＡＬでアルバイトをしている。シフトをフルで入れていて滅多に休むことはないけれど、年に数回、四日か五日のまとまった休みを取る。なんとなくだけれど旅行や遊びの予定ではない、別のなにかをしているのだなという気配があるのだけど、朝陽からそれを尋ねたことはない。ただシフトの調整を頼まれたら可能な限り受けていた。だけどもしかして、聞いた方がよかったんだろうか。その、踏み出すべき一歩と留まる方がいい一線の違いって、みんなどうやって見分けているんだろうか。それとももしかして……みんなの目には、他人が脇役に見えなかったり、するのだろうか。

ふいに心に差し込まれた囁《ささや》きに、心が凍る。まるで本音らしい言いぶりは、自分をぐちゃぐちゃに傷つけたくて選んだものなのか、作意などないただの本音なのか、どちらでもある気がした。朝陽は立ち上がり、テーブルを拭いたティッシュをゴミ箱にまっすぐ落として捨てた。休憩時間はまだ後五分残っていたけれど、フロアに出た。

翌日は朝陽もナミカワさんも夜勤で、十五時に出勤してロッカーで一緒になった。先に着替え終わっていた朝陽が挨拶して休憩室の方へ出て行こうとすると、ナミカワさんに「昨日はごめん！」と大きな声で謝られた。

「八つ当たりした。ごめんね、ナガイさん」

朝陽は、自分の心が動かなくて、それが悲しい。きっと今日はこんなふうにナミカワさんから謝られるだろうと、出勤前から想定していた。ナミカワさんはいつもどおりぬかりなく仕上がったアイメイクに囲まれた瞳を、まっすぐ朝陽に向けている。その目が不安そうに見えて、朝陽はむしろそのことの方に心が動く。謝って、許されること。それはナミカワさん側が当然想定しているはずで、不安になる必要はない。

「全然気にしてないです。わたしも、いろいろ、うまくできなくって」

ごめんなさい、と囁くように告げる。頭は下げないで、目元にだけちょっと悲し気に皺を寄せる。朝陽の言葉には真実がない、とこれは多分早見有日の方が思っている。昨日のことと今日のことを、小説にするのがいいのかもしれなかった。ナミカワさんに対して朝陽が語れる言葉を持たないのは、早見有日が小説で語るからなのだと、朝陽は思う。差し出された手を握り返すと、ふわりと抱きしめられ、それはあたたかかったが、他人の体温を自分の体で受け取るとあたたかいのは当たり前だと、冷静に思う自分の存在の方が確かだった。

書き上げた小説をメールに添付して瓜原さんに送った。その数分後に電話が鳴ったので、まさか瓜原さんだろうかと緊張しながらスマホを取り上げると母からで、父の足のギプスが取れて歩き回れるようになり、完治はまだ先だけど在宅勤務がなくなってうれしい、という話だった。

「家にいればいるほど嫌いになるんだけど、家を出て行くと、電車や会社の階段で足は大丈夫かしらって心配になって、心配を重ねてると好きになるのよね」

妙にぼそぼそした声でそんな告白をして、電話は切れた。

瓜原さんからは二時間後に、受け取りました、読んだらまた連絡します、校了前なので少しお時間をいただきます、という返信があった。読み終わったと連絡がきたのはその一週間後で、瓜原さんの感想を待っていたその間、朝陽あるいは有日はずっと体調が悪く、コップを割ってしまっただとか、洗剤を入れ忘れたまま洗濯機をまわしてしまっただとか、そんな些細なことで泣いてしまうような精神状態だった。食欲も落ちて、四六時中いつも、朝陽の小説を読んでいるであろう瓜原さんの顔を思い浮かべていた。気持ちが良かった。

作品が読まれることが気持ちよくない小説家なんていないはずだ、と朝陽あるいは有日は思っている。本屋に行くと急に強い尿意をもよおすのに、似ている。棚の端から端まで全部の背表紙を辿って行きたいのに、まだ一つの棚も見終わらないところで、どうしてもトイレに行きたくなる。興奮が不快な生理現象と結びつく。意識は本に向かっているから、せめて一つだけでも棚を見終わってからトイレに行きたいと思うのだけど、心よりも体が優先されてしまう、あの感じ。

ボツになるかもしれない、つまらないと言われるかもしれない、なにも届かないかもしれないし、ここになにが書かれているか分かりませんと言われるかもしれない。待っている間、いい想像は一つもできないのに、どうして気持ちいいもあるのか。二つが同時に、しかもどちらも強いままあって、共存しているしんどさで、心の前に体が負ける。

こういう気持ちを、朝陽も有日も、誰にも知られたくない。秘密にしておきたいのではなくて、存在することを知られてもいいから、受け渡したくないのだ。分かんないだろおまえら、と相手も定かではないまま喚《わめ》き散らしたい。知られたくないんだこんなことは。書きたくないのに書いてしまうんだ。書きたくないことが書きたいことである時が、あるんだ。そんな日ばかりなんだ。

＊＊＊

もう二度と本が出るなんてこと、ありえないんじゃないか。そう恐れながら提出した原稿は、何度かの改稿を経た後、瓜原さんのチェックをパスし、編集長のオーケーが出て、文芸誌に載って、本になった。瓜原さんが、「二冊目の単行本刊行おめでとうございます」と、綺麗な包装紙に包まれたパウンドケーキをくれた。

ゲームセンターをＰＡＬとは別の店名にして、立地や規模も現実となるべく離れるように書き替えた。広報の仕事を断わった話をしてからというもの、仲直りした後もなんとなく距離ができていたナミカワさんが、「ナガイさーん！」と顔の全部をひなたにして腕を伸ばしてきた。朝陽の体を柔らかく抱きしめてくる。人工的な花の匂いがした。「本買ったよ！　サインして」まじおめでと、と惑いのない調子で続けるナミカワさんを、まぶしい気持ちで見つめながら、ただの楷書だけど、と前置きしてサインペンを手に取る。

「長い間一緒に働いてる友だちが活躍してるの、ほんとうにうれしい」

すっと差し出された友だちという言葉に、朝陽が少女のように驚くが、少女だった時と違って大人なので全く顔にも声にも動揺を出さないで、「ありがとうー」と甘えた声で返事をすることができる。そうして反射で返してしまえるから、差し出された言葉——朝陽にとっては意外で重たく、きらりと光って見えるその言葉を、両手で受け取って吟味できていない。だけど持って帰りたい、と手を伸ばしてはいる。大切にできるか分からないくせに、なにがなんでもそれを家まで持って帰りたかった。

休憩室にはナミカワさんの他に、一か月ほど前に入ったばかりのアルバイトの男子大学生がいて、ちらちらとこちらを窺っている。スマホを手に取ったので、聞き取った朝陽の筆名で検索するのかもしれなかった。今、彼にとって朝陽は社員のナガイさんだけど、あのなめらかな手つきで検索が完了すると即座に早見有日が追加される。週二日夜勤のみの彼とは、まだシフト時間が同じになる機会がなかった。今後も関わりは少なく、親しくなることもないだろうから、彼にとって朝陽は社員のナガイさんと小説家の早見有日が半々くらいの存在になるんだろう。

「あんま本読まないんだけどさあ、ナガイさんが書いた本だから、がんばってすぐ読んだよ」

ナミカワさんがほめてほしい人のテンションで表明してきたので、ありがとうございます、と朝陽も努めて明るい声で返す。今の声はちょっと、サイン会用の声みたいだったと思う。先週、本の発売記念イベントがあり、大型書店で初めてのサイン会を行った。おもしろかったですと言ってくれる読者の人たちが何人もいて、確かにうれしかったのだけど、そのうれしさは小説が読まれたうれしさであって、つまり読まれたことによって小説が小説になれたうれしさであって、おもしろかったという評価に対するうれしさではないような気がしていた。自分の小説がおもしろいのかどうか、朝陽にはよく分からない。評価をするには、朝陽は早見有日と距離が近すぎる。

本はがんばって読むものではないけど、がんばる以外の方法で本を読むことはできないという人もいるのだろうから、朝陽はやっぱりありがとうとしか言えない。

「ナガイさんの地元って長野だったっけ。そっちも盛り上がってるんじゃない？　地元の友だちから連絡きた？」

と問われて、本が発売された直後に〈買いました！　地元のスターの2冊目〜〉とメールを送ってきた幸田さんのことが頭に浮かんだ。〈早い！　ありがとうございます。〉と返信したけれど、小説家デビューしてから定期的に連絡が来るようになった「幸田さん」が誰なのか、朝陽は思い出せない。一番初めのメールに〈幸田です〉とあったのだ。地元の誰かには違いないのだけれど、いつの同級生なのか同級生ではない知り合いなのか、女性なのか男性なのかも、なにも分からない。でも別にいっか！　と思っている。この思いは、怒りに似ている。

ナミカワさんが本をぱらぱらとめくりながら、

「アドさんのモデルってあの人でしょ。メダルの競馬ゲームに週一ペースでずっと来てる人」

と、感心したように言うので、朝陽は慌てて否定した。

「えっ、モデルとかは別に、考えてなかったんですけど」

「えーっ、でもすぐあの人の顔が浮かんだよ。歳もそうだけど、存在は覚えてるのに直接見てる時以外は顔立ちがはっきり思い出せない感じとか。まあいいじゃんいいじゃん、わたしは読んでてそう思ったの」

読んだ人にそう思ったと言われると、書いた者はなにも言えない。口をつぐんで俯いた。

「ねえ、あれってさ、作り話なんだよね？」

ナミカワさんが少し、声を小さくする。その分、隣のテーブルに座るアルバイトの男の子も耳の感度を上げたのが分かる。

「中国人と付き合ってたとか、就活で行った先で再会して、いなくなって多分死んでて、みたいなのって、嘘だよね？　いやー分かってるんだけど、主人公の勤務先がゲームセンターだし、どうしてもナガイさんに重ねちゃって」

嘘だと分かっているから、ナミカワさんは平気でわたしに抱きつけたりするんじゃないのか、と朝陽は思い、わざわざ確認できてしまうナミカワさんのような人の方が恐ろしく、当たり前じゃないですかあ、とわざとらしく彼女の腕を押すようにして叩いてみせる自分のことも恐ろしい。

「ほんとうなわけないじゃないですか。ないない。ないですって」

ないにないを重ねて何重にも否定しながら、朝陽は「ほんとうなわけない」と自分が発した言葉に傷つく。小説はほんとうではないのだろうか。嘘だけど嘘じゃないのに、事実ではないけどほんとうではないと言ってしまっていいのだろうか。

自分の笑顔が感じよく映える角度を知っている。鏡で見て練習したわけではなくて、繰り返しほほ笑んできたから、相手の反応が一番良い角度を体験的に分かっている。それは写真に撮ったら美しかったりかわいかったりはしないんだろうと思う。ほどよく隙があってくだけていて、拒絶感のない、しんどいの反対にある顔なんだろう。ナミカワさんも笑っているけれど、その笑顔はほんとうのように朝陽には見えてしまう。

現実で舌ざわりのいい嘘ばかりついていても、小説の中でだけはほんとうのことを話せた。だから小説を書かずにはいられなかったけれど、今回書いたこれは、どこまでがほんとうだろうかと、朝陽には分からなくなっている。中国人とも中華料理屋で働く人とも恋人になったことはないし、車に同乗した人をパーキングエリアで見失ったこともないけれど、身に覚えがあったとしても、書いた以上「これは小説です」としか答えようがないのだから、それが全部でいいじゃないかと朝陽は思う。それで、もしかしたらほんとうなんじゃないか、小説ではなく作者自身の体験なんじゃないか、あの人は中国人と付き合ってひどい振り方をして、でも平気な顔でにこにこみんなに優しく四方八方に愛想よくして暮らしてるんじゃないか……ってそう思われるならそれでもいいんです。読まれてうれしい。読んだ後でなにを考えられても、受け取られても、小説は読まれた時にはじめて小説になれるから。作者の人間性が上品か屑かなんていうのはたいした問題ではないと、わたしはそう考えています――いつしか、思考が取材用の言葉に脳内変換されていく。
ナミカワさんが先に休憩を終えてフロアに出て行く。開かれた扉から爆音を迎え入れながら、スマホを取り出してSNSを開くと、同級生が〈早見有日先生の新刊ゲット！〉とカフェのコーヒーと本を並べた写真をアップしていた。コメントをスクロールしていく。〈小学校の時すでに作家目指してたっぽい〉〈すごいね〉〈2冊め？　すごー〉の後、写真付きのコメントが投稿されていた。〈小学校
それは、小学校の卒業文集の写真だった。「将来の夢：小説家」と、十二歳だった長井朝陽の字で書かれている。一番上に書かれている名前はスタンプで隠されているけれど、「小学校の思い出は海浜公園の遠足です」の作文も、「担任の先生に一言！」の白々しい感謝の言葉も、大人の目を気にして書いたのであろう「前向きな大人になりたいです」の決意表明も、全部写っていた。舌打ちをしそうになって、PALの休憩室にいることを思い出して止める。口の中で舌がつる。

仕事帰りに出版社に行って、デビュー作を出した時にもインタビューを掲載してくれた女性ファッション誌の取材を受けた。インタビュアーの女性から「初めて小説を書いた時のことを覚えていますか」と聞かれ、朝陽はもちろん覚えていなかったのだけど、期待に

満ちた目で見つめられ、頭の中で言葉をこねた。「子どもの頃のことで、記憶があいまいなんですけど」と前置きして、自分の口が話し始めるのを、話しているなあ、ともう一人の自分になって聞いている。話しているのと聞いているのと、どっちが朝陽でどっちが早見有日だろう、と考えている三番目の自分までいるような気がしたし、そんなのは緊張を紛らわすために自分の世界で行っている一人遊びに過ぎないと分かっている気もした。

「小学校一年生の時に、風邪をひいて学校を休んで、母が借りてきてくれたドラえもんのDVDをみている時に、そうだ自分でも物語を書いてみようと思って」

これは嘘ではない。人に伝えた瞬間からそれが事実になるし、遠い昔のもう誰にも関係ない時間のことで、嘘が嘘ではなくなることのひとつ、ふたつ、みっつめくらいまでは、朝陽あるいは早見有日にとってほんとうにしてしまってもよいものだった。

インタビューを終え、写真撮影の前に化粧を直しにトイレに行く。応接室の近くにあるここのトイレは広くて綺麗だ。ぴかぴかに磨かれた鏡の前で、鼻の頭にファンデーションを塗り直し、眉毛を数本描き足した。化粧道具をポーチにしまって、スマホを取り出した。帆奈美とやりとりをしているメッセージ画面を開く。半年後に近付いてきた結婚式について、数日前に〈そろそろ決めてー〉とメッセージが届いて以降、返信を止めてしまっていた。

〈結婚式の件、わたしは、早見有日でお願いします。でも、実はなんかちょっと嫌だった。帆奈美は小説家とか関係なくわたしと付き合ってくれているのかと思ってた〉

読み返すと送れなくなると思い、打ち込んだ勢いのまま送信する。送ってしまえば息がしやすくなるわけでもなく、呼吸のリズムに合わせて内臓のあちこちが痛んだ。手の中でスマホが振動する。帆奈美は返信が早い。

〈了解。よろしくねー。嫌な気持ちにさせたのはごめーん。小説にでもしといて〉

インタビューもだけど、写真撮影の前は特に緊張する。小説を書くのにどうして顔なんか必要なんだろうと思っているけれど、朝陽の顔一枚で本が一人でも多くの人に読まれるなら、小説家はその体を小説のために消費すればいい。鏡に向かって口角を上げてみる。目に光は込められないけれど、白黒写真にしてもらうならちょうどいいかもしれない。

誰かが入っている個室から、ジャアアアアアと流水音が流れている。その作り物の水が流れる音が、頭の中で、PALのフロアに響く爆音と重なって聞こえた。ジャン・ジャラララララ、毎日左右の耳から大量に流れてくるハイテンションの爆音に、朝陽の耳は傷めつけられている。耳を悪くするわよ。お母さん、大丈夫。毎日爆音に耳を澄ませてきた、今の方がよく聞こえてる。

明日、ここは静か

――『幽霊が遊ぶ箱』の芥川賞受賞、おめでとうございます！

ありがとうございます。

――受賞から一か月が経ちました。会社勤めも続けられているということで、とてもお忙しかったのではないかと想像しますが、各方面からのお祝いもあったのでは？

わたしの小説をデビュー前からずっと読んでくれていた友だちが、食べ放題じゃない高い焼肉を奢ってくれました。職場のみなさんにもお祝いいただきましたし、両親がわざわざ東京まで出て来たので、一緒におしゃれなケーキを食べに行きました。

——おしゃれなケーキというと、もしかして待ち会をされていたホテルの？

そうですそうです。新聞に書いたエッセイ、読んでくださったんですね。芥川賞の選考会の日は、担当編集者の方と都内のホテルのラウンジで連絡を待っていたんですけど、その時に食べたケーキが一つ二千円もして。千円じゃなくて、二千円ですよ？　そんな高級なケーキ初めてでした。せっかくなので両親にも食べてもらいたくって、お祝いはそこで。お祝いというか、支払いはわたしがしましたが（笑）。

——親孝行ですね。それで、現在の心境はいかがですか？　受賞会見では「実感がなくて嘘みたい」と仰っていましたが……。

そうですね、まだ実感はありません。嘘みたいというか、夢みたいだなって思います。でもほんとうは実感がある日もあって、今日は受賞のことを信じているなっていう日と、今日はとうてい信じられないなっていう日、あるいは時間が、波みたいに揺れて続いている感じがします。なんていうふうに答えて、困った顔をされるのが一番嫌でストレスで、かといって大事な質問に対して自分が信じていないことを言うのも違うと思うので、なんかもう、これに答えていること自体がちょっとつらいです。（っていう追記はありですか？　なしですよね。↑っていうの瓜原《うりはら》さんに送る前に絶対消す。）

——夢みたい。いいですね！　小説家になるのは、子どもの頃からの夢だったと、どこかのインタビューで話されていましたよね。努力して夢をかなえられた、自分についてどう思われますか？

自分について。この場合の自分は多分小説家・早見有日《はやみゆうひ》のことなんだと思うんですけど、このインタビューに答えてる時はなんとなく、本名で生きている方・長井朝陽《ながいあさひ》の成分が多い感じがしてたなあと、今になっては思います。そうですね。自分自身の存在もちょっと夢みたいというか、そちらは実感や現実感がないという意味でですけど、子どもの頃の自分に、今の自分を見せたらどんなふうに思うだろうって考えてみると、小説家になることができて、しかも芥川賞というすごい賞をいただけて、夢をかなえていてうれしいって喜ぶのか、もしかしたらこわくて、恐れおののいてしまうだけかもとも、思いますね。これは多分ほんとうです。他が嘘ばかりというわけでもないのですが。あとこの質問受けたの四回目で、毎回似たような言い回しになっちゃってるんですけど、大丈夫ですかね。変えようと思ったら変えられると思いますけど、それだと嘘になりますもんね。

そこまで書いて、ばかばかしくなって止める。どうせまた「校正はありませんでした」と返して終わりなのだ。ノートパソコンのキーボードから手を浮かせ、指を曲げ伸ばして緊張をほどく。

生活情報やコラムを配信しているWEBマガジンの記事だった。一週間前に受けた取材で、今日、インタビュアーが書いた記事がワードファイルで送られてきた。初めに芥川賞受賞後の心境と、受賞作の内容について触れ、その後は小説の舞台にもなったゲームセンターのこと、普段どんなゲームをするかなどの質問が続く。当然、わたしが勤めているPALマッシロストア店との類似についても言及されていた。

これを受け取った担当編集者の瓜原さんが浮かべるであろう困惑の表情を、一度だけ強く頭の中で思い浮かべて記憶に焼きつけてから、自分が書き加えた太字の校正をぽちぽちと消した。インタビュアーにまとめられた自分の発言の中に、マッシロストア店に対して失礼だと読み取れる言い回しがないかだけ、ざっと確認して、誤字を一つだけ見つけたのでワードのコメント機能で指摘を付け、「それ以外は、特に修正はありませんでした」とメールを打って、瓜原さんに送った。

早見有日が書いた小説『幽霊が遊ぶ箱』が、芥川賞を受賞した。それはデビューから数えて二作目の作品で、芥川賞は新人に与えられる賞なので適切なのだけど、賞の名前が有名なので、周囲からは「まだ新人なのに芥川賞を受賞するなんてすごい！」と、妙なもてはやされかたをすることになった。わたしだって音楽や映画の賞の違いは分からないし、誰でも造詣が深い分野以外はそんなものだろう。詳しくは分からないけどすごいよね。

もてはやされる、というのはなんだろう。確かにもてはやされたのだと思う。たくさんの人、ほんとうにたくさんの、よく知らない人たちから連絡がきたし、お祝いをしようと大小さまざまな食事会が各方面で催された。新聞や雑誌のインタビューを次々に受けた。小説の話も、小説以外の話も、自分の口からたくさんした。断ったけれど、テレビのバラエティー番組への出演依頼や、上半期の総括を述べてほしいという経済誌からのオファーもあった。デビューして二年で、小説を二作書いただけの新人作家が、上半期経済の総括ができるなどとなぜ思われたのか分からないが、できなくてもいいから名前や顔だけ出してくださいよと求められる、それがもてはやされるという意味であるなら、わたしは確かにもてはやされた。

ほんとうのことを話そう、嘘をつかないようにしよう、と思っている。取材やインタビューを受ける時に、向かう電車の中で何度も「そうしよう」と自分に言い聞かせるし、手帳の端に「聞かれたことに、正しく答える」と書きとめてみたりもする。それなのに出て来た自分のインタビュー記事を読むと、嘘ばかり書かれているように感じる。書かれていることは、確かに自分が話したことだった。ニュアンスを誤解された記事でもないし、当然、捏造された内容が付記されているわけもない。ただ自分が話したことが、記者やインタビュアーの言葉でまとめられている。それがどれもこれも、嘘に見える。

目的もなくニュースサイトを眺めていたら、瓜原さんから返信がきた。パソコンの画面右下に表示されている時間を確認する。二十二時十五分。まだ職場にいるのだろうか。それとも自宅から返信しているのだろうか。時間を気にせずメールを送ってしまったことを後悔する。明日の朝届くよう、送信予約を設定すればよかった。そう思う一方で、すぐに返事がきたことにほっとしてもいる。ないがしろに、まだされていない。無視されるわけがない。瓜原さんがそんなことをするわけがない。そう思ってはいても、メールを送る時いつも少しだけ無視されるんじゃないかと身構えてしまう。検討に値しないくらい少しだけの気持ちで。

瓜原さんは二年前のデビュー時から早見有日の担当で、『幽霊が遊ぶ箱』の改稿にも根気強く付き合ってくれた。年齢をはっきりと確認したことはないけれど、わたしの三歳か四歳か上で、三十歳をいくつか過ぎたくらいだと思う。瀬戸内海にある島の出身で、大学から東京にいること、小説以外では哲学系の学術書をよく読むこと、メールの返信が早くて丁寧なこと、ネイルが好きで爪がいつもぴかぴかで綺麗なこと。喫茶店で打合せをする時、ハーブティーがあればそれを、なければホットコーヒーを飲むこと。どの情報もわたしから訊いて知ったことではなく、ふとした機会に漏れ聞こえて積もったものだ。彼女について知っていることは、顔を合わせる頻度に対して多くはない。

瓜原さんからのメールには、校正なしを了解する旨と合わせて、新しい取材依頼のことも書かれていた。瓜原さんには、PALの勤務スケジュールを月単位で伝えているので、わたしが朝勤で十七時退勤予定の、来週の水曜か木曜の夜ではどうか、と提案されている。

どちらの日でもかまいません。ところでわたしは、やっぱり気にしすぎなんでしょうか。その場の空気を読んでなんとなくそれっぽい、相手が求めていそうな、場がまるく納まるようなことを言ってしまう機会って、多分誰にでもあることで、わたしの場合はたまたまそれが記事になって後に残るから、特別気になるっていうだけで、他の小説家の人たちだって同じことを考えているんでしょうか。

どちらの日でもかまいません、以降の文を全部消して、一度目をつむる。こんなの、メールに打ち始める前から瓜原さんに送るわけがないって自分で分かっているくせに、いったいなんのためにこんなことをしてしまうんだろう。滑稽でおぞましい、と思い、おぞましいという言葉の使い方が正しくないように感じて、スマホの辞書アプリを立ち上げた。

取材はいつものとおり、出版社の会議室で受けた。会議室は天井までの高さの窓が開放的で、心もとない。テーブルと椅子も重厚感があり、会議室という名前だけれど、ＰＡＬ本社で研修を受けた時に入った、パイプ椅子が並んだ会議室とは全然違う。臙脂色の絨毯が敷かれたこの部屋は、著者近影の撮影にも使われることがあるらしい。曇りなく磨かれたガラス窓の外はとっくに暗くなっていて、煌々と明るい室内のわたしたちは、街なかに展示されているみたいだった。昼間は部屋の中と外の隔たりがもっと透明で、時々鳥が空間と勘違いして飛び込んできて窓にぶつかって死ぬんです。出会ったばかりの頃、瓜原さんがそう教えてくれた。

あそびをテーマにしたカルチャー誌の取材だった。喜園《きぞの》さんという編集者の女性が一人で来て、インタビューが始まった。写真は出版社で持っているデータをいくつか事前に送っていて、その中から使ってもらうことになっているので、カメラマンの人はいない。写真撮影有りの取材がいくつか続き、全部同じ服で写るのはおかしいかと思い、仕事帰りに池袋まで行ってブラウスとスカートを三枚ずつ買った。普段着ている服よりも値段の高いものを選んでしまった。今日は撮影がないと聞いていたので、普段通勤で着ているチノパンにロングシャツという格好だった。

部屋には喜園さんと瓜原さんとわたしの三人だけで、全員年齢が近い女性同士ということもあり、初めから気安い雰囲気だった。この部屋いつ来てもラグジュアリーですよね、と喜園さんが感心したように言い、何回来ても慣れなくてこわいです、とわたしも気楽に返した。喜園さんがあははっと笑って、取材一気に増えたでしょう、しんどいですよねえきっと！　と自身がこれから取材することなど忘れたような調子で言い放った。

よかった今日は、きっと話しやすい。瓜原さんがわたしの様子を横目で窺いながら、わずかに肩の力を抜いたのが分かった。早見さんが話しやすそうでよかったです、とその横目が言っている。瓜原さんにとってわたしは初めからいつまでも早見有日だ。長井朝陽であることがない、そのぶれのなさは安心する。わたしは早見有日、と心の中で唱えて、喜園さんに向き直る。

それじゃあ取材開始しますね、と言って喜園さんがボイスレコーダーのスイッチを入れて、わたしとの間に置く。録られている間はさして気にならないこれが、次の日になって、今頃あの録音を聞き直したり、文字起こししたりしてるんだろうか、と落ち着かない気持ちにさせる。

ボイスレコーダーの形は、小学生の時に六歳年上のいとこが使っていたＭＰ３プレーヤーに似ている。重ための印鑑ケースみたいな形のそれを、わたしはお下がりでもらった。その頃はまだスマホを持っていなかったからうれしかった。中の音楽を入れ替えるにはパソコンにつながないといけなかったけど、パソコンもないし、ケーブルもいとこが紛失してしまっていたから、中の音楽は固定されたままだった。いとこが入れた音楽は、少し年上の人たちに流行ったJポップばかりだった。それを繰り返し聴いていたせいで、わたしが好きな音楽は、同級生の間の流行りと微妙なずれがある。もちろん大人の目から見れば、どちらもあの頃に流行った若者の音楽、という言葉で集約されるのだけど、わたしの中ではずれ続けている。

「なので好きな音楽って答えるの難しいです。好きなのかどうなのか。よく聴くのは、その頃いとこにもらったMP3に入っていたJポップですね。今も、集中したい時にはそれを聴いて。MP3はもうなくしちゃったので、配信サービスでって意味ですけど」

話しながら、まーた嘘ついて、と自分につっこみを入れる。

音楽は全部嫌いだった。本を読むのに邪魔で、うるさかったから。でも「どんな音楽をよく聴きますか?」という質問に対してそんなふうに答えるのは不愛想で感じが悪いし、音楽ってなんだか好きな方がいい、みたいな空気があるし、だから、ボイスレコーダーから思いついた物語を話した。わたしに年上のいとこなんていない。

「ああ、そうなんですね」

と受け止める喜園さんの反応に、ショックを受ける。これじゃなかった時の声に聞こえた。もっとシンプルに分かりやすく、好きなミュージシャンや曲の名前を挙げてほしかったのかもしれない。エピソードではなくて。どういう記事構成にするのだろう。

ちらりと、先ほど渡された今月号だという雑誌の表紙を見る。あそびをテーマにしたカルチャー誌。今月のテーマは〈今あたらしい、ボードゲームの世界〉とある。小説のことなんて全然、関係なさそうな雑誌。だけど朝陽がゲームセンターで働いていて、小説にもゲームセンターが出てくるからか、こういったカルチャー誌の取材も少なからずあった。

ここまで、受賞した後の気持ち、小説に書いたこと、よく聴く音楽、の話をした。「それでは次に」と切り出した喜園さんの声に張りが出ている。ほんとうに聞きたいことはここからか、とわたしも身構える。

「弊誌はあそびをテーマに毎月特集を組んでいまして、早見さんにはあそびとしてのゲームセンターについて、いろいろお伺いしたいんです。ゲームセンターって最新技術が駆使されたハイテクゲーム機や、日本全国どころか世界中をつないで対戦できるゲームもあれば、クレーンゲームや、早見さんの小説の中にも出てきたメダルゲームのように、昔から変わらないレトロなゲームもあって、古いのに新しい、っていう感じがするんです」

そう言われて、思わずもう一度目の前に置かれた今月号の表紙に視線を遣ってしまう。〈今あたらしい〉が、共通のテーマなのだろうか。

でも実際にはクレーンゲームもメダルゲームも、昔から変わらずっていうわけではないですよ。最新の筐体はやっぱりすごいですよ。なにがすごいんですか。いくらでも最先端にできるのにそうしないところとかが、すごいです。

などという話はしない。わたしはゲームセンターやPALが悪く思われるような、あるいは悪く思われるきっかけにつながるような発言を、朝陽に強く禁じられている。だけど喜園さんは、わたしの話が聞きたそうだ。小説の話ではない。わたし自身のことを記事にしたいんだろう。わたしの話なんか書いて、誰かに読ませてどうするんだろう、とすっぽりした気持ちで思う。心の芯が抜けてへたれたところに、あの、荷物を送る時に段ボールの中身が動かないように詰める空気が入った袋、緩衝材というのだっけ、あれをはめ込んだみたいな心地。外から見れば、元のとおりしゃんと立っている。

「ゲームセンターには、子どもの頃から遊びに行ってたんですか」

「はい。父がゲーム好きで、よく通っていました。下手なんですけどね。UFOキャッチャーとか、何度トライしても取れなくて。子どもの頃、父親ってなんでもできる大人だって思っていましたけど、ゲームセンターに来ると、父親にもできなかったり苦手だったりすることがあるんだなって、当たり前のことに気付かされましたね。くそーって悔しがるんですけど、でもそれで、お父さんってゲーム下手なんだってがっかりしないのは、楽しそうだったからでしょうね。うまくいかなくても失敗しても、楽しそう。思い出すのは、次は取るぞーって笑ってる父の顔ばかりです」

話しながら、これじゃまるで父親が死んでいるみたいだなと思ったが、喜園さんはうんうんと熱心に頷いている。

都心のぴかぴかのゲームセンターとも、大型スーパーの上にあるPALマッシロストア店とも違う、地元のゲームセンターを思い浮かべる。最新の筐体が入らないわけではない、けれどそれを取り囲むようにして、朝陽が物心ついた頃から変わらずあるゲーム機も残っている。原色の光が強いゲームセンターの中で、古くなったゲーム機は明らかにくすんでいるのに、浮かずに、しっとり馴染んでいるのだ。その店も、スーパーの中にあった。建物より駐車場の敷地の方が広いようなところだ。建物が小さいわけではなく、地元はどこの店も、駐車場がだだっ広いのだ。端の車が止まっていない辺りでは犬を散歩させたり子どもを遊ばせたりしている人がいて、かくいうわたしも駐車場の隅で遊んで育った子どもの一人だ。車の往来があって危ないんじゃないの、と言う人は都会で生まれ育った人だ。田舎の駐車場は広すぎて、車なんて通らない。見晴らしがいいから事故も起こらない。公園よりも人目があるからむしろ安全だ。はじめてスズメの死体を見つけたのも駐車場の隅だったし、そのスズメのお墓を作ったのも駐車場の中にある、大きな電灯の柱の下の、土の中だった。アスファルトの駐車場の中で、なぜか電灯の下だけは丸く土のスペースがあった。昔は木を植えていたのかもしれない。それが枯れて、あるいは枯れていないのに取り除かれて、今は巨大な電灯が立っている――。

ああまた嘘じゃん！　と朝陽が止める。

止めて。止めてよまじで。地元のゲームセンターの様子も、スーパーの広い駐車場も、スズメのお墓も巨大な電灯も、嘘だ。どこかで得たイメージをつぎはぎにして、物語ろうとする。ぎりぎりのところで止めたので、早見有日が口にしたのは父親の話までで済んだ。早見有日の世界に住むことになった、ゲーム好きの父親。実際の父は、ＰＡＬに来たことなど一度もない。別に見に来てほしいわけではない。父は昔から「こんなもんくだらん」とゲームセンターを嫌っていた人で、そこだけは母とよく似ていた。

「ゲームセンターって、大人も子どもみたいになっちゃいますよね。負けて悔しいとか、でもまた挑戦したいとか、うまくいかないのに意地になるとか……なんていうんですかね、素直でいられる、というか」

喜園さんがそんなふうにまとめた。瓜原さんが、「早見さん、子どもの頃からゲームがお好きだったとは」と意外そうな口ぶりで言うので、わたしは別の取材でゲームが嫌いだという話をしたのだっけ、と顔には出さずに焦る。ゲームセンターに勤めているくらいだから、当然ゲームは嫌いではないけど、そういう嘘をついたことはあったかもしれない。嘘をついたら整合性が取れなくなる時が、絶対に来る。だから嘘はつかない方がいい。分かっているのに、どうして今まさに嘘をついているのか。

喜園さんが手元のノートになにか書きつけ、丸を付ける。こちらからは文字が逆さまなので上手く読み取れないけれど、「父」という単語だけ見分けられた。それを目にした瞬間すっと体が固まり、取り返しのつかないことをしてしまった、と惨めな後悔が始まる。わたしが発信されようとしている。違うんです、嘘なんです。そう言わなくちゃいけない。けれど、代わりになにが話せるだろう。

地元のゲームセンターでしか見たことがないアイスの自販機で食べる、イチゴ味のアイスクリームモナカが好物だったこと、大人になって買いに行ったらその自販機はなくなっていて、代わりに全国あちこちでよく見かけるセブンティーンアイスの自販機が置かれていたので、店員さんに「昔あった自販機はなくなっちゃったんですね」と尋ねると、「うちは二十年以上前からセブンティーンアイスの自販機ですよ。わたしが勤めて二十五年だから間違いないです」と言われたこと、そんなばかな、じゃああのアイスは、と思い出そうとするのだけどどこのメーカーのアイスかも分からないことを、話した。ってこれじゃあゲームセンターじゃなくてアイスの話になっちゃいますね、すみません。いいんですよ全然。そういう思い出の味まである、あそびの場だったと。そうです、そうです。……一番得意だったゲーム、熱くなった友だちとの対戦、大学時代の恋人とのゲームセンターデート、自分の勤め先とは違うメーカーのゲームセンターで遊ぶことに対するちょっとした罪悪感。

嘘が止まらなかった。もはや止めようとも思わなかった。必要とされている嘘だ。確かめようがない嘘は、嘘にもならない。そんな詭弁で、わたしの舌は勢いよくまわり続ける。

取材のない日が四日間続いた。ＰＡＬの方は朝勤・朝勤・夕勤・夜勤だった。朝勤と夕勤の日は、夕食を兼ねてファミレスで小説を書くので、帰宅するのは夜勤の日と同じ、二十三時頃になる。夜勤の日は、体力が残っていれば深夜まで営業しているカフェかマクドナルドで書いて帰るのだけど、今日は疲れていて、まっすぐ家に帰ってきた。玄関ドアを閉めて部屋の明かりをつけると、同時に溜息がもれた。なにに対する溜息なのか、自分でもよく分からない。

仕事内容は前と変わっていないし、今は「ナガイさん忙しいだろうから」と気を遣ってもらっていて残業も多くない。仕事の負担は減っているはずなのに、以前と比べるまでもなく疲れている。

座ったら眠ってしまいそうで、立ったままテーブルに出しっぱなしにしていたノートパソコンの電源をつける。その辺りにあった文芸誌と単行本を何冊かまとめて、重ねてノートパソコンの下に置く。立ったままキーボードが叩きやすい高さに調整したら、すこし安心した。小説の続きを書く前にメールボックスを開くと、瓜原さんからメールが届いていた。先週受けたインタビュー記事の校正が二件、申し訳ないですが急ぎです、とのこと。ワードではなく、誌面の形に整えられたPDFデータだった。

それを開いて目で追っていくけれど、目がすべってうまく読み込めない。パソコンを持ち上げて本棚の隣にしゃがみ込む。リビングの床に直置きしているプリンターにつないで、記事を印刷し、近くに転がっていた赤ペンを手に取ってしゃがんだまま校正した。たくさん書き足したいし、たくさん消してしまいたい。いつもと同じ気持ちになって、いつもと同じように、ほとんど修正しなかった。些細な言い回しの修正を一か所だけ赤ペンで書き入れたそれを、スキャナーに挟んでPDFにする。メールに添付して瓜原さんに送ろうとしたところではっとして、パソコンの右下に表示されている時間を確認したら二十三時四十五分だった。今送ったら彼女は絶対にすぐ確認してしまうと思って、瓜原さん宛てのメールを明日の朝八時に届くよう送信予約し、メールボックスを閉じた。

今度こそ小説を書こうと、床から立ち上がってテーブルに戻る。文芸誌と単行本で作ったタワーの上にパソコンを載せて、書きかけのワードファイルを開く。沈みたい。ここに、ちゃんと沈みたい。沈めていないから思うそんなことを、頭から振り払えないまま、でも早く、たくさん書かなきゃ、と手を動かし続けた。

＊

「ナガイさん、インタビュー読んだよ。あそびのやつ！　ナガイさんってお父さんと仲いいんだねー。今も地元帰ったら一緒にゲーセン行ってるって、読んでびっくりしちゃった。お父さん、東京に来ることはないの？　今度ＰＡＬにも連れてきたらいいじゃん。え？　恥ずかしい？　小説家がなに言ってんのー」

休憩室でわたしの姿を見つけるなり声をかけてきたナミカワさんが、右手でわたしの腕を強めに摑む。痛いか痛くないかくらいの強さに、彼女からの親しみと苛立ちの両方を受け取る。ナミカワさんの方に体を寄せながら、

「父は、東京はこわいなんて言ってて。ほんと古くて恥ずかしいんですけど」

とひとつだけ真実を告げる。東京はこわい、などと真顔で言える父の信じる、平和な田舎の方がわたしにとってはこわい。

「えー、でも、PALで働いてるナガイさんのこと見たら、絶対うれしいと思うけどなあ。あっ、でも、あのテレビのは見たんだ？　喜んでたでしょ？」

ええまあ、はい。わたしは精一杯照れているような顔で答える。

「だよねー。あんなの、親御さん絶対うれしいじゃん。録画して永久保存でしょ。親孝行だねー」

PALにテレビ番組の撮影が来たのは、芥川賞を受賞した数日後のことだ。瓜原さんから〈テレビ局からこんな企画の依頼がきてますけど、早見さんはきっと嫌ですよね。断ってもかまいませんので！　念のため企画書をお送りしますね〉というメールが届いた。賞を受賞した当日と翌日は仕事の休みをもらっていたが、以降は通常どおり勤務していたので、そのメールを見たのは夜勤をこなして帰宅し、コンビニで買ったカツ丼を食べながらパソコンを開いた時だった。

受賞作『幽霊が遊ぶ箱』の舞台がゲームセンターということで、作者早見有日が勤務するゲームセンターにカメラを入れ、その仕事ぶりから作者自身の姿に迫りたい、という内容だった。

なにさーこれ、と思わず声に出してつぶやく。わたしがゲームセンターで働いていることは公表していない。受賞会見でも「会社員との二足の草鞋《わらじ》」と紹介されたし、新聞社などに送ったプロフィールも「会社員」で統一していた。アミューズメント業とすると簡単に特定されそうだと思ったし、サービス業、接客業、としても良かったのだけど、株式会社ＰＡＬゲームズの社員なんだから会社員でいいんじゃないですか一番広い言い方で、と瓜原さんに言われてそう決めた。ＳＮＳでは、小説の舞台がゲームセンターだから、ゲームセンターで働いてる人なんじゃない、というつぶやきが散見されたけれど、メーカーや店舗の特定はされていなかったし、一時的に話題にのぼっているだけで、半年経てば次の芥川賞作家が誕生し、早見有日個人への関心などなくなるはずなので、今だけだなと高をくくっていたのだった。

　瓜原さんからのメールを見返すと、企画書のファイルが添付されている後に続きがあった。

〈早見さんのお勤め先のことは、ＰＡＬの社員の方から聞いたそうです。公表していないはずですが、という確認の電話を入れた時に伺いました。ＰＡＬのどなたかは分からないですが、テレビ局とお付き合いがある方がいるみたいですね……。弊社としては、というか私個人としては、早見さんが働きにくくなってしまうのでは、という心配がありますの

で、うまくお断りしたいと考えています。とりいそぎ〉

とりいそぎ、というよく使われるメールの結び文句に、突き放されたような心地になる。こんなことがあったことすら、知らせないで欲しかった。そんなわがままが頭をよぎる。瓜原さんだって仕事だ。依頼があったことをわたしに知らせないわけにはいかない。分かっている。むしろ賞の受賞以降これでもかというくらい多方面から連絡があった、その全てをさばいてくれて感謝しかない。しかない、のに。

彼女の柔らかいほほえみを思い浮かべる。眉毛の形がきれいな人だ、と気付いたのは担当編集者として付いてくれてしばらく経ってからだった。長い間、顔を直視できないくらい緊張して話していた。

瓜原さんは、わたしのことを考えて断った方がいいと書いてくれているけれど、実際はどんな気持ちでいるのだろう。テレビ番組だ。誰でも知っているテレビ局の名前。普段本を読まない人も、テレビは見るだろう。間違いなく本は売れる。出版社としては、売れてほしいに決まっている。そしてわたしも、本は売れてほしい。たくさん、売れて、読まれてほしい。けれど——。

これは、無理だ。断ろう。そう決めて、決めたけれど返信はしないまま、パソコンを閉じた。テーブルの端でカツ丼が冷めていた。あたため直すのが面倒で、そのまま食べ始めた。肉も卵も芯が生ぬるく端は冷たい。こんなことくらいで、もう食欲はなくならない。食べないと倒れると、受賞後の慌ただしい一週間で学んでいた。食べ物はイコールエネルギーだ。エネルギーを補給しないと朝陽がＰＡＬで働く体も、小説を書く早見有日の頭も動かなくなる。カツ丼を全部食べて、ビオフェルミンを飲んで、小説も書かないで、久しぶりに日付が変わる前に寝た。瓜原さんには明日断りのメールを返そう、今日は疲れた。そう思いながら。

その時のことを、わたしはずっと後悔している。すぐにメールを返信しておくべきだった。とても無理です。絶対嫌です。その二言だけでよかったのに、次の日にしようと置いてしまった。

翌日、朝勤シフトで八時に出勤した。従業員用エレベーターで四階に上がり、ＰＡＬの休憩室の奥にある事務室に入ると、一番乗りだと思ったその場所に、マネージャーが先に来ていた。「おはようございます」と反射で声を上げる自分の声に、驚きがにじんでいるのが分かった。マネージャーがこんなに早い時間から出勤することなんて、ほとんどない。スーツを着ているその全身にさっと目を走らせ、途端に嫌な予感がし、それは正しく当たっていた。

「ナガイさん、おはよう。テレビ番組取材の話、聞いた？」

吸い込んでいた息が途中で止まる。喉と鼻を指で抑えつけられたような圧迫感を覚える。どうしてそのことを、と声に出す前に顔に出ていたのだろう。マネージャーが合点したように頷いた。

「PALの広報課の方に企画書が届いたから。同じものを、テレビ局からナガイさんを担当してる編集者の人にも送ったって聞いたけど、まだ届いてない？」

「あ、昨日、メールがきてました。担当編集者から」

「うん、そうでしょ。それで、早い方がいいらしいんだよねえ」

「え？」

「撮影。なるべく早く撮りたいんだって。土日はお客さん多いからカメラ入りにくいでしょ。平日の午前中の、お客さん入れる前に撮るのと、後はお客さんっていうかバイトの子たちに私服でお客さんのふりして映ってもらうよう頼むか。来週の、ナガイさんが朝勤の日で進めちゃっていいよね。いやー広報課も張り切ってるよ。部長も見に来るらしいし、取締役たちも都合をつけるって言ってるらしい。ほんとすごいことだよナガイさん。ありがとう」

お礼を言われたからなんだ。ここで流されてはいけない。分かっているのに、いつもどおりだった。わたしは、朝陽のこういうところがずっと嫌いだ。はい、と彼女は口にした。

馬鹿が、と脳内で罵っているわたしは、早見有日のつもりなんだろうか。だとしたら変だ。早見有日は、長井朝陽の人生なんてどうだっていい。朝陽がひどい目にあえば、それでまた小説が書ける、と思っている。だから馬鹿が、なにしてるんだ、嫌だって言え、と頭の中で怒鳴り散らしてるのも朝陽だ。わたしは朝陽で、そんなのは当たり前のことなのに、そうだったそうだったよね、と安心をつかみ取るように納得している。

取材を受けるとメールを返したら、瓜原さんは驚いた様子ですぐに電話をかけてきた。責め立てるように早口で、ほんとうにいいんですか、大丈夫なんですか、と確認された。よくもないし大丈夫でもないけれど、もういいです。そう答えると、瓜原さんは、「お仕事を辞めるつもりですか」と声のトーンを落とした。

仕事は辞めない方がいいですよ、と言われていたのだった。芥川賞の候補になった時と、受賞した数日後と、二度。それは生活を心配するというよりも、仕事を辞めたら小説まで書けなくなるんじゃないかと危惧するような調子だったので、わたしも神妙に捉えて、「辞めないですよ。奨学金の返済もまだ残ってるし、生活費も心配だし」と答えていた。

今回も同じように答えた。ゲームセンター勤務だってことと、ＰＡＬの名前は出るかもしれないけど、店舗名を伏せてもらえれば、ＰＡＬは全国に何十店舗もありますから大丈夫ですよ。そんなふうに説明した。それでももし困ったことが起こったら、辞めるかどうかはその時に考えます。

答えながら、ほんとうにそう考えてもいた。こんな新人のぽっと出の、芥川賞を受賞して一時的に名前が知られているだけの小説家の、勤務先を特定しようとする暇な人はいないだろうし、特定されたからといってわざわざ店舗にまで来るような変わり者もいないだろう。容姿が特別に整っているとか、言動がトリッキーというわけでもない。受賞会見はニコニコ動画で配信されていたが、後でその動画を見たら「地味」「地味だねー」「本好きそー」「そりゃ作家だから笑」というコメントが流れていて納得した。納得したからといって、うるさくないわけではないけれど。

放送は平日二十三時二十分からの十分間だった。いろいろな業界で働く人の仕事を紹介する不定期放送のシリーズ番組で、深夜の放送とはいえやはりテレビに出た反響はあって、受賞後の重版とは別に、更に二万部の重版が決定した。画面の中で朝陽は、ゲーム筐体の清掃をして、両替機の補充をして、UFOキャッチャーの商品を入れ替えて、お客さんに扮したアルバイトの人たちの対応をした。自分の声はこんなふうだったか。自分の顔は愛想よくにこにこと終始ほほ笑んでいて、思っていたとおり感じが良くて、さすがだね、と頭の中で吐き捨てる声が聞こえた。

PALで働く朝陽の姿が放送されても、わざわざ店舗を特定して店に来るような人はいなかった。ＳＮＳに「早見有日ってゲーセン勤務なんだ。やっぱりね」と書かれたくらいだった。休憩室のテーブルに、テレビ局のスタッフと瓜原さんがそれぞれ持ってきてくれたお菓子を置いて、「ご自由にお取りください。いろいろとご協力いただきありがとうございました」と書いた付箋を付けた。それが全部消化されてなくなる頃、浮ついていた職場の雰囲気も落ち着いた。朝陽は、マネージャーと事務室で二人になった時に、「退職したい」と申し出た。マネージャーは「うーん」と口に出して唸って数秒後、「前向きな門出ってことだよね」と言った。

そのことを、隣に座るナミカワさんはまだ知らない。言っていない。ナミカワさんは体を揺らし、自分の肩をわたしの肩にぽんぽん当てている。そのリズムに乗り切れない。わたしは自分も体を揺らした方がいいのか、すこし悩んだけれど、十代の子どものようなその軽やかさを体現できるのはナミカワさんだからであって、わたしがそれをするのはわざとらしすぎるから、できない。

退職は来年三月末の予定で、今は九月だ。まだ半年もある。退職の稟議も決裁になっていないし、「手続きをしておくね」と言ったマネージャーがどこまで話を通しているかも分からない。退職までにできる限り溜まっている有休を消化してから辞めたいけれど、今一気に有休を取り始めると、ナミカワさんや他のスタッフたちに勘付かれそうで動けない。

ナミカワさんがスマホに表示していたらしい、雑誌のアプリを閉じる。読み放題の登録してるんだー、と教えられる。制服のポロシャツから伸びているナミカワさんのむき出しの腕がすべすべで、休憩室の蛍光灯の光を反射している。もう後数週間もすれば秋冬用の制服にするか、ポロシャツの下に長袖のインナーを着込むだろうから、ナミカワさんの腕も見えなくなる、とどうでもいいことを考える。

「だから、これからもナガイさんのインタビュー載ってたら、すぐ読めちゃうよ」

ナミカワさんはいつも、どこかわたしを励ますような言い方をする。無自覚なのだろうけれど、わたしを心配しているのか、元々馬鹿にしていたことの名残りなのか、どちらだろう。

「ありがとうございます。ナミカワさんが読んでくれるってことは、少なくとも誰にも読まれないわけではなくなるから、ほっとしました」

そんなことを言ってみる。ナミカワさんがうれしそうな顔をしてくれる。今自分が口にしたことは嘘だろうか、ほんとうだろうか。どっちだろう。どっちにしても、ナミカワさんはこれからわたしの嘘ばかりを追うことになる。それは、ここ最近で新しく生まれた取り返しがつかないいくつかのことのうちの、ひとつだった。

仕事を辞めると決めたからだろうか。それとも、小説ではない、自分の口から声で出る言葉で話しすぎたせいだろうか。嘘に歯止めがきかなくなった。

今週は、水曜が朝勤で十七時にPALを出られるから、十八時から取材を二つ。木曜が休みだから十三時から取材を三つ。来週は火曜日の夕勤の後一つと、水曜の休みの夕方頃（時間は現在調整中）に一つか、もしかしたらもう一つ増えるかも。

それらの一つ一つが、どこのなにで、なんの取材なのか、わたしはもう把握できていない。雑誌なのか新聞なのかWEBマガジンなのかも曖昧で、編集者やインタビュアーやライターやカメラマン、たくさんの人たちの名刺をもらうのだけれど、家に帰って整理しようとしても、もう記憶の中の顔と顔が混ざってわけがわからない。名刺の裏面に取材を受けた日付だけメモして、束にしている。

二年前にデビュー作の取材を受けた時は、何週間も前に日程が決まって、どこのなんという雑誌の、どんなコーナー（カルチャー欄のカラーページで、新作映画と並んで新刊が紹介される、四分の一誌面のコーナーだった）なのかを、その雑誌のバックナンバーにも目を通して準備していった。ターゲット層は何歳くらいのどんな人たちにしているのか、どんな特集を組んでいる雑誌なのか、早見有日の話を聞きに来てくれる相手のことを、なるべく知ろうとした。取材を受けるプロではないから、予習したところで求められる回答ができるとは限らなかったけれど、わたしの小説を紹介して広めようとしてくれている相手に対する、それが礼儀だと思ったし、そうした方が落ち着いた。

今は、目の前に座っている人たちがどこの誰なのか分からない。嘘だ。さっき名刺をもらったから分かっている。雑誌名も、その人の名前も肩書も、机の端に並んで今も目に入っている。だけどそれが、どういう意味を持つのか分からない。早見有日がインタビューを受けて答える、それが記事になる、その記事が届く人たちの顔が、想像できない。だから目の前の、今ここにいる、名刺と水とボイスレコーダーを挟んだ向かい側に座るこの人の、求めていそうなことしか話せない。それでいいのかな。よくはないけど時間ができない。どうしよう。悩んだ、と言っても悩む時間もたいして持てなかったから、時間としてはちょっとだけの間、悩んだ。それで朝陽が、まあいっか、って思ってしまったのだ。

わたしは、小学生の頃に地元のミニバスケットボールチームに入りたかったけどクラスでちょっとこわいと思っている女の子が二人そこにいたから入れなかったことになり、中学生の時に家出をしたけれど心細くなって夜には家に帰ってしまったので事件にならなかったことになり、高校は文系クラスだったけれどパイロットに憧れて一時期留年と理転を検討していたことになった。

これらが嘘だと分かるのはもう母しかいない。いつ、この嘘つきめと問い詰められるだろう、と期待するような怯えたような気持ちで待っていたけれど、久しぶりに電話で話した母は、「ごはんちゃんと食べてるの。野沢菜のやつ送ろうか」とわたしの体を心配しただけだった。さっき晩ご飯に野菜たっぷりの鍋を食べたと言うと、「なら、いいけど」と息を吐く。インタビューが載った雑誌なんていちいち、追いかけていないんだろう。わたしもわざわざ、なにに載るだとかは報告していないから知らなくて当たり前だ。そう思っていると、

「ああそうそう、朝陽のインタビューが載ってる雑誌ね、お隣の川島さんがくれたよ」

と言われて驚く。川島さんが、と両親よりすこし年上の穏やかな夫婦の顔を思い浮かべながらつぶやく。当たり前のように、わたしが早見有日であることを知ってるのだ。朝陽ちゃん、って呼ばれてかわいがってもらったけどな。

「あんた、好き勝手話してー思ってね、川島さんにもお恥ずかしいですうってねえ」

言いながら、母は笑っている。そう、とだけ答える。母の声にはどこにも翳りがない。嘘を指摘する気配もない。

「がんばるのはいいけど、体だけは無理しないようにね」

切れた電話のこちら側で、わたしは、親に叱ってほしいなんて甘ったれた考えを持った自分を恥じていた。叱られたら叱られたで、反発するに決まっているのになめている。い

ずれにしてもこの話はわたしだけの問題になった。もう嘘を糾明してくれる人はこの世のどこにもいない。

小説の新人賞に落選し続けていた間、自分にがっかりしてはいたけど、それは絶望ではなかった。むしろ毎日大きなトラブルもなく働く、続いていく安定に、諦念があった。あの諦念は、小説家になってから遠くなっていたけれど、今、また近い。椅子に座ったままぼんやりと、視線だけを動かして一人暮らしの部屋の中を眺める。この二年で本が随分と増えた。本しか増えていないともいえる。読むペースに見合っていない増え方だった。本を平積みに十何冊か重ねたタワーがいくつも、床から生えている。どれから読めばいいだろう、と本を前に感じたことなどなかったはずの途方もなさが芽生えた。

気付くと、手の中で切れたはずの電話が鳴っていた。画面をタップし、「どうしたの、お母さん」と耳に近付けながら尋ねる。

「うん、そういえばね、川島さんのお孫さんが通ってるスイミングスクールの先生が、朝陽ちゃんが自分のせいでミニバス入れなかったなら申し訳ない、ごめんなさいって伝えてほしいって言ってたって」

「はあ」

「イズタニさんっていう先生。分かる?」

「ええ、全然分かんない。わたしの同級生ってこと？　っていうかそもそも」

あれは嘘なのにどうして誰かが現れるのと言いかけて止める。子どもの嘘にも気付かないなんて、と母に対する理不尽な苛立ちがぱっと立ち上る。口をつぐんでみると、言いかけた自分の滑稽さが際立った。言いかけて止めるためだけに、言いかけたのだと思った。

イズタニさん、泉谷さんか伊豆谷さんか、と頭の中で漢字に変換してみるがぴんとこない。小学校は四クラスで、一学年百二十人くらいだった。中学校も全員同じで九年間一緒だったから、一度も同じクラスになったことがない人の方が少なかったし、同じクラスになったことがなくても顔と名前は一致していた。それくらいは普通だと思っていたのだけど、高校生の時に別の中学校から来た子が「同じ学校の子のことなんてそんなに覚えてないな。すぐ忘れちゃう」と話していて、驚いたのだった。それならばわたしは、人を忘れた順に並べたら、初めの方に忘れられた人に入るだろうし、今一緒に体育祭用の紙の花を作っているこの子も、高校を卒業したらわたしのことをきっと忘れるだろう。そう思った。

わたしは忘れられる側で、忘れる側ではない。なのにイズタニさんが分からない。母との電話を切った後で落ち着かず不安になり、クローゼットの中を探してみるけれど卒業アルバムが見当たらない。東京へ引っ越して来る時、荷物に入れてこなかったんだっけ。持っていこうかなどうしようかな、と考えたことまでは覚えている。考えて、結局、荷造りの段ボール箱には入れなかったのか。実家の、物置になった自分の部屋を思い浮かべる。あの部屋のどこにあるのだろう。イズタニさんが載っているか、母に見てもらおうか。ばかばかしい。頼むわけがない。気にしていると、誰にも知られるつもりはない。

「っていうか川島さんのお孫さんが通ってるスイミングスクールの先生って、遠すぎるって。なにその伝言」

「ええ、川島さんとはしょっちゅう会ってるのに」

全然遠くなんかないわよ、と言う母が口を尖らせているのが電話越しでも分かり、あまりに遠く離れるとお互いに通じる言語まで変わってしまうのだったっけ、と皮肉めいたことを考えてしまう。

「遠くったって、関係ないわよ。あなた今、地元のスターなんだから。輝いてんのよ。遠くからでもよく見えるのよ」

はっと頭の中にひらめいたのは、毎日目にしているゲーム筐体のぴかぴかの電飾ではなく、地元の夜の風景だった。山の麓に輝くラブホテルのネオン。

まっくろな空に星が見つけられず、目を凝らして見つめると、それが夜空ではなく巨大な山の影だったと気付く。だまし討ちにあったような気まずさと、到底かなわないものに対する畏怖の、どちらも不快で、すっと逸らした目に、山道に入る手前にあるラブホテルのネオンが映る。音もなく、なのにけたたましく、存在を主張しているサイン。中に入ったことは一度もないのに、南国風の内装であることや、備え付けの冷蔵庫にサービスのアイスクリームが入っていること、エレベーター前に水槽が置いてあってスッポンが二匹泳いでいることを、真偽も分からずただ知っている。

静かな街でそこだけ浮ついて、ぴかぴか光ってるから、興味があろうとなかろうと目に入ってしまう。わたしも今、そんなふうになっているのだ。

今度こそ電話を切って、パソコンに向かって書きかけの小説を開いてみたけど、頭が落ち着かずなにも言葉が出てこない。早々に諦めてスリープモードにし、台所に立って溜まっていた洗い物を始めた。三日前に使ったどんぶりのぬめりをスポンジでこすって落としながら、食洗機が欲しいと思うけれど、一人暮らしでそんな贅沢しても、といつも思いとどまってしまう。

そういえば帆奈美の新居には、食洗機が初めから備え付けであるらしい。帆奈美はいつでも遊びに来てよと言ってくれたけれど、そのうちねーと流したまま、帆奈美からも重ねては声をかけてこない。

中学時代からの友人で、お互い本が好きで、大人になった今も交流があって、帆奈美の結婚式では友人代表のスピーチをした——要素を並べてみると間違いなく親しい友だちなのだけど、こういうのを親しい友だちって呼ぶんですよね、と説明したくて今わざわざ要素を並べてみたな、と思う。説明って誰にだろう。誰だか分からないけれど、こんなぺらぺらの項目名の並びだけで説得されるのだとしたら、たいした人間ではない。たいした人間、ってなんだ。おまえ何様だ。なんかもう疲れた。自分で自分の思考につっこみを入れて、いつまでも一人で、どこにも行けないままで。

イズタニさん。母が話していたことを考えてみる。やっぱり、そんな人に覚えはない。そういえば中学生の頃、同じクラスだった女の子があのラブホテルに入ったって話をしていて、中学生が入れるわけないってみんなに言われたけど、ほんとうのほんとうに中に入ったのだと言い張って、それがまわりまわって先生の耳に入り、呼び出され、入ったというのは嘘だったごめんなさい、とみんなに謝ったことがあった。その子とは別に親しくない、クラスメートだから同じ教室の中にいるけどそれだけ、って距離でいたのに、自分のことみたいに恥ずかしかった。その頃からわたしは小説を書いていた。誰にも言わないでこっそり。もし小説を書いていることがばれて、小説を書いたノートがクラスでまわし読みなんかされたら、こんな気持ちになるだろう。そう思われるような羞恥心だった。恥ずかしい。だけど原因を作ったのは自分自身で、それは他の人はしていないことで、なぜかというとそれをしなくても人生に困らないからで、絶対に必要というわけではないもので、だけどわたしだけが好きでそうしている。そういったことがばれてしまった恥ずかしさだった。

帆奈美だったらイズタニさんを覚えているだろうか。LINEで〈イズタニさんって覚えてる？　お母さんから聞いたんだけど、〉とメッセージを打ちかけて、途中で止めて全部消す。説明が面倒だったし、帆奈美がイズタニさんを覚えていたところで、どうしたらいいんだろう。どんな人だった？　って聞くか。そこから先はせいぜい〈なんか嫌な感じの子だったよね〉といった悪口をいくつか引き出すだけだろう。人の悪口を言い合うのは別に嫌いではない。そういうことを言い合いたい日もある。けれど今は嫌だった。時間に余裕がなく、今日もこの後少しでも小説を書き進めておかないと締切に間に合わないというのもあったけれど、受賞に関わった困りごとで帆奈美に頼ることで、彼女からの連絡が増えてしまう予感がした。おそらく他愛のない会話になるそれらに、日々反応する心の余裕が、今のわたしにはない。

ＬＩＮＥアプリを閉じて、検索サイトを開く。地元のスイミングスクールを検索すると、二つ出てきた。どちらも名前を知っているし、場所もなんとなくあの辺りだ、と分かった。ウェブサイトがあったので見てみると、一方にはインストラクターの紹介ページがあった。水着ではなく揃いのジャージ姿で並んだ集合写真と全員の名前、〈泳ぐのって楽しい！　そう思ってもらえる指導をします〉のようなコメントが続く。その中に、イズタニさんはいなかった。ということは、もう一つの方の施設なのだろう。そちらにはインストラクターの紹介ページはなかった。

検索サイトに戻って、スイミングスクールの名前と泉谷、で検索する。それらしいヒットはない。伊豆谷、に変えて再検索したが結果は同じだった。なにも見つからない。

ついでに〈早見有日〉と入れて検索する。検索のサジェストに、〈早見有日　本名〉〈早見有日　勤務先〉〈早見有日　ゲームセンター勤務〉〈早見有日　偏差値〉と出て来る。いっそ清々しいくらいに、小説に関連したキーワードは出てこない。これを検索している人たちが知りたいのは、早見有日がどんな小説を書くかではなく、本名と勤務先で、つまり長井朝陽のことなのだ。最後の、偏差値っていうのはなんだろう。大学の偏差値だろうか。どのくらいの偏差値の大学を卒業したかあるいはしていないかを知りたいのか。ならば大学名で検索すればいいものを。朝陽の出身大学は本の著者プロフィールにも、ウィキペディアにも書いてある。ウィキペディアに自分のページが生まれた時、朝陽はそれをお気に入り登録した。時々開く。年齢、出身地、作品名。はっきりと自分のことなのに、ウィキペディアを通して見るそれらの中には、長井朝陽は一ミリも含まれていない感じがした。これは全部早見有日だ、と感じた。

インターネットの画面を消して、書きかけの小説のワードファイルを開く。一文、とりあえず、というふうに書いてみると、それに先導されるようにするする、書き進められた。わたしが薄まっていく。小説が書かれていく。早く次の中編を書きあげたい。旬の間には無理でも、早見有日が忘れられないうちに。小説はそんなふうに焦って書くものではないと、そんなことは分かっている。けれど自分の中の焦りと折り合いがつけられない。もっと考えて、ずっと先のことまで悩んでみれば、寡作でもいいとか腰を据えてゆっくり書こうとか、思えるのかもしれない。けれど「思う」に至るほど考える時間も、悩むために思考する頭の中のスペースも、どちらもない。メダルゲームでいうと、フィーバーはしないけど定期的にまとまったコインが落ちてくるから止められないし、他の人に席を取られちゃったらって心配でトイレ休憩も取れない、みたいな感じ。手を動かしてメダルを投入し続けるしかない。

目が乾いてかすみ、目薬をさす。わざわざゲームで例えてみた自分が、PALの社員だってことも忘れてないっていう自己暗示のようで、卑怯だと思った。

イズタニさんのことはそれきり忘れていたのに、母からまた連絡があった。

「心当たりがないみたいって伝えたらね、そんなわけない、朝陽ちゃんは優しいからなかったことにしてくれてるだけです、ちゃんと謝りたい、だって」

「待って。伝えたってなにを？」

「朝陽はイズタニさんのこと覚えてないみたい、違う人のことみたい、って。だってあなたそう言ってたでしょ？」

「勝手に伝えないでよ、そういうこと」

「勝手にってなによ。言わないでほしいならそう言ってくれないと」

ふうっと息を吐いて、ごめん、と引き下がる。電話越しに喧嘩をするのって不毛だ。

「まあ、いいや。でもほんとうにわたしはイズタニさんのこと覚えてないし、もしミニバスの女の子がイズタニさんだったとしても昔のことだし、そもそもわたしが勝手にそう思ってたってだけだから、謝る必要もないから。気にしないでくださいって言っておいて。言わなくてもいいけど」

「うーん、それでねえ、」

母が少し戸惑ったような声で続ける。

「イズタニさん、朝陽が家出した時も助けられなかった、それも後悔してるって話してるんだって。山越えの道の途中に蕎麦屋があるでしょ。中学生の時、あそこの近くで朝陽が自転車を押して歩いてるのを見たんだって。イズタニさんの方は家族の車に乗っててね。あんなところに一人でいるのはおかしいし、元気もないように見えたから、絶対声をかけた方がよかったのにそれはできなかったって。ずっと後悔してた、次の日に朝陽が無事に登校して来てるのを確認してほっとしたんだって。……あなた、家出なんかしたことあったのねえ」

「なにそれ」

気持ち悪さを通り越して、その不気味さに笑ってしまう。山越えの道に自転車で？　家から四十五分はかかるだろうか。民家が数十メートル置きにぽつぽつあるだけの山道を、とぼとぼと歩くわたしを見たわけだ。お母さん、あなたが知らない娘の家出があるのなら、それは家出にカウントしなくたっていいはずだ。パートに出ていた時期はあるが、基本的にはずっと専業主婦で、わたしが学校から帰る時間には家にいて晩ご飯に数種類のおかずを作って出してくれた。そんな母親をしてくれた人が「家出なんかしたことあったのねえ」と、娘に妙に感心した調子で言う。

「家出なんかしたことないよ。嘘だよ、その人が言ってること。同級生じゃないか、同級生だとしても全然、かかわったことない人。覚えてないもん。あのね、家出は、ちょっと一人で遠くまで行った時のことを脚色してそう話しただけ。ミニバスに入れなかったのは、こわい感じの女子がいたのはほんとうだけど、別にそんなの関係なくミニバスに興味なんてなかったし。でも興味なかったから入りませんでしたじゃ話にならないでしょ。話に、なるように話したり書いたり、しているだけ。だからその人、イズタニさんって人は、無関係の人っ」

ふと、高校生くらいまでは母に対していつもこういう口のきき方をしていた、と省みる。口を挟ませないように早口で一息に、こちらの主張だけを言い続け、途中で母が「でも」とか「あの」とか、なにかを言いかけているのと気付いているのに、はっきりそれと分かるように無視して最後まで言い切る。言い切る最後の語、今回は「無関係の人」だけど、これは母が立つすぐそばの壁に投げつけるみたいな言い方をする。直接投げつけるんじゃなくて、ぎりぎり、ぶつからない近くに乱暴な音を立てて投げる。おどすためだったんだな、と分かってしまって恥ずかしい。二十八歳か、と自分の年齢のことを考える。二十歳になった時ちっとも大人になった気がしなかったのだけど、このところ自分は大人になったと自覚することが多い。それが、自分が二十八歳になったからなのか、母が六十歳に近付いて行って、時々「すぐ疲れるようになった」などとこぼすのを聞くようになったからなのか、どちらが理由なのだろう。

「うん、それでね、母さん、イズタニさんに会いに行くことにしたから」

ぽんっと結論が差し出され、その軽さもまるで高校生の頃のわたし相手に話しているみたいだった。子どもがなんかごちゃごちゃ言ってるけど、こっちは大人の理論で判断してるんだからね、と諭すみたいな。はあ？　と棘《とげ》のある声が自分の口から漏れる。母にこんな物言いをするのはいつぶりのことだろう。なんだか自分がおかしい。幼くなっている、と自覚しているのに止まれない。

「なにそれ。わけわかんない。止めてよ」

どういうこと、と続けて問う前に、母が「だってね」と説明を始める。

「いつまでも川島さんと、川島さんのお嫁さんとお孫さんを挟んで、伝言ゲーム続けるわけにいかないでしょう。ちょうど今度、スイミングスクールでウィメンズデーっていう女性限定の体験入会日があるんだって。泳いだり水中エアロビするだけじゃなくて、プールサイドでお茶を飲んだりちょっとしたお菓子も出るんですよって言われてね、楽しそうでしょ。行ってみようかと思って」

ウィメンズデー、プールサイドのお茶。それが、自分が知っている地元の昔からある古臭い外壁に囲まれたスイミングスクールと結びつかず、スマホを耳に当てたまま、目を何度か強くつむる。楽しそうだね、とつぶやいた声に、思いがけずうらやましがるような響きがこもった。

「そうでしょ。わたしだってあっという間に年寄りになるんだから、楽しいことを楽しくできるうちにしようと思ってんのよ。まあそれで、そこでイズタニ先生にも会えるらしいから、話してくるわね」

水着もレンタルで貸してくれる、スイミングスクールだから水泳帽の着用は必須で、化粧ももちろん落として入るから、みんな同じような顔で誰が誰だか分からなくなるらしい、プールサイドでお茶を飲むなんて都会みたいで楽しみ。母の話に相槌を打つうちに、わたしは自分の中の幼さが抜けていく感覚があって、電話を切る頃にはすっかり大人に戻っていた。あるいは、大人になっていた。イズタニさんと話したら報告するわね、と告げる母の声は弾んでいた。

＊

イズタニさんの登場という不可解なことが起こったのに、わたしは相変わらず嘘をつくのを止められなかった。嘘をついた、と後で気づく。嘘をついているその時は嘘を自覚していないから、止めようがない。どうしてあんなこと言ったの、と数十分前の自分を罵りたい気持ちに体をはち切れそうなくらい膨らませながら、出版社から地下鉄に揺られて家に帰る。

わたしはサインの練習を繰り返した結果現在の「ただの楷書」スタイルをあえて見出し

たことになり、幼い頃に買ってもらったうさぎのぬいぐるみを家族旅行中に失くしたので、今でも旅行先の電車や旅館や写真撮影スポットでうさぎのぬいぐるみを探してしまう癖があることになり、デビュー作の主人公の兄の名前を高校生の時にちょっとだけ好意を持っていた数学の先生から取ったことになった。

雑誌の取材やインタビューで嘘を重ねる度に、でもこういうのもあと数か月だけのことだし、と言い訳のように考える。こんなにたくさん繰り返し取材を受けるのは、芥川賞を受賞してからの半年間だけ。芥川賞は上半期と下半期、七月と一月の年二回発表されるから、半年後には次の芥川賞作家が生まれる。

旬はそれまで、と早見有日より先にデビューした小説家に聞いたことがあった。そうなんですよね、と瓜原さんに確認した時は「ああ、まあ、どうでしょうか」と曖昧に濁された。半年したら旬ではなくなって、誰も話を聞きに来なくなりますよ、と編集者の立場から口にするのは難しいか、気まずいのかもしれない。旬の間に結果を出せたらいいのだろうけれど、小説はそんなに早く書けないし、これまでより忙しくなった日々では、短編を二つ仕上げるのだけで手一杯だった。

仕事を辞めたら、もっとたくさん小説が書けるだろうか。あと少し、もう少しだけ、具体的には一日に二時間くらい、パソコンに向かう時間が足りていない。けれどそれ以上は、時間があっても余ってしまうような予感もしている。今は仕事の後に三時間か、長くて四時間、小説を書いているけれど、専業作家になれたら今PALで働いている時間分どころか、通勤にかかっている時間や、家で書くのなら身支度にかかる時間まで全部、小説に充てられる。でもそんなにたくさんは書けない。集中力が持続する限界は四時間程度で、朝九時から夜二十一時まで書いていいと言われたって、一日はできるかもしれないけど、毎日継続して書くことはできないだろう。一日に七時間か八時間くらい小説を書いたり考えたりする時間が持てたらいい。

それなのに仕事は辞めるんだ、と尖った気持ちで朝陽が、けれど責めるというよりはぼやくように考える。旬じゃなくなって、小説の依頼もこなくなってから後悔するかも――の後に続く言葉が、自分の中で二つに割れた。後悔したらどうしようと不安がる声と、後悔しても知らないよと突き放す声。どちらもわたしであるのに、不安がるくせに仕事を辞めることに実は迷いがない自分の頑強さへの苛立ちと、自分のことなのに呆れた様子で責める薄情さが、対立するでもなくある。そして、その両方に他人の目から見るような親近感を抱いてもいる。

受賞してからもう三か月が経った。旬の残りは、後半分。

瓜原さんを通して、須崎先生から連絡があった。

「あの頃、好意を持たれていたなんて知らず、もし冷たい態度を取ってしまっていたら申し訳ないです」

〈……とのことです〉と添えられた瓜原さんからのメールの文面は、いつもどおり丁寧な分、こんなことに付き合わされている理不尽が透けて見えるようだった。わたしは〈お手数おかけしました〉と返信をして、パソコンの画面を閉じた。本棚から自分のデビュー作の単行本を取ってきて開く。

主人公の兄の名前が先生と同じなのはほんとうだ。地元の新聞から取材を受けた時に出身高校名を出してほしいと打診を受け、いいですよと請け合った後でなんとなく、高校のウェブサイトを開いて見た。校長先生が定期的に学校行事の紹介記事をあげていたので、それを流し読みしていると、自分が高校生の時にお世話になった数学の須崎先生が副校長先生になっていた。公立校なので、別の学校へ赴任した後また戻って来たのだろう。教頭じゃなくて副校長っていう役職名なんだな、といつか小説で使えるかもしれない知識部分が気になり、教育委員会のサイトも含めて検索していた時に、須崎先生のフルネームを知った。へえ、下の名前「倫高」っていうんだ。わたしが書いた小説の、主人公のお兄さんと一緒だ。

たまたまだった。けれど漢字まで一緒だったから、もしかしたら高校時代に先生の名前をどこかで見て覚えていて、意識はしていなかったけど、のりたかっていう名前に漢字を当てる時に無意識に拾ってきたのかもしれない。別に先生の顔や人格を思い出してそうしたわけではなかったけど、そういうことにしたって、わたしの頭の中の出来事だから別に、嘘かどうかなんて誰にも分からないし。

わざわざ連絡してくるなんて、なんなんだろう。小説家っていう物珍しいものに関わりたい人なんだろうか。真面目で丁寧な先生という記憶があった須崎先生に対してがっかりした思いがわいてきて、悲しい気持ちになる。久しぶりに連絡をもらえてうれしい、と思うべきなのだろうか。その「べき」というのは、どこに対してなんだろうか。小説家になってからちょっと偉そうじゃない、って誰に言われたわけでもないのに誰もかれもに言われた気がする、その被害妄想と根源は同じだろうか。被害妄想、と自分で自覚してるのに、妄想なわけがないと確信する自意識も同時にある。実際にはそれも含んでいるのが被害妄想の内訳なのだろうと、頭では分かっている。

瓜原さんから〈須崎先生からまた連絡がきました〉とメールが届いたのは、それから数週間後のことだった。内容に目を通して愕然とする。

「当時、君と不適切な関係があったんじゃないかと疑われて困っています。君からも違うと否定してほしいです」

君、という呼ばれ方にぞっとした。須崎先生ってこんなに偉そうな物言いをする人だったっけ、と内容と関係ない苛立ちを抱く。

〈うわー、なんですかこれ笑〉

一言だけ返信すると、瓜原さんから電話がかかってきた。

「こんなの言いがかりですから、編集部の方で対応してもよかったんですけど、一度間に入ってメッセージをお渡ししてしまっているので、なかったことにするわけにもいかず……すみません」

「瓜原さんが謝らないでください。こちらこそすみません」

いやいや、いやいやこちらこそ、と謝罪の応酬をした後で、瓜原さんが「それでですね」と切り出す。

「この須崎先生という人が、出張で東京に来る予定があるそうで、その時に早見さんと会ってお話がしたいそうなんです」

先生が東京に出張っていうのはなんだろう。長野の公立高校の先生なのに、東京でなにか仕事があるんだろうか。研修会とかそういうものだろうか。それだって長野県内で済みそうだけど。わたしと会って話をしたら、地元であれこれ言われている件が解決するんだろうか。そこでわたしになにをしろって言うつもりなんだろうか。嫌な気持ちにはなったが、比較的軽い嫌さだったので、自分で自分を意外に思う。もっとぼとぼとと暗い、暗澹《あんたん》とした気持ちになるかと思っていたが、「なんかべつにどうでもいいや」と呟きたくなるくらいには軽い。反対に瓜原さんは深刻な様子で、

「これはさすがにちょっと、と思って。わたしの方で適当な理由を付けてお断りしましょうか」

と心配そうに言ってくれた。けれどわたしが、狭い地元の町で実家の場所も知られているし、同級生が須崎先生の部下になって同じ学校で働いていたり、親戚の子がその学校にいたり、どうしたって関係してしまうから会おうと思う、と説明すると暗い声で、

「それなら弊社の会議室に来てもらいましょう。わたしも同席します」

と続けた。わたしはそれも断って、大丈夫だから、東京駅近くのこのカフェに十八時に来るよう伝えてください、と頼んだ。わたし個人の連絡先はお伝えできないから、当日来られなくなったとか何かあったら申し訳ないけど瓜原さん経由で伝えてほしい、というお願いもした。

瓜原さんは「そこにわたしも行きます」と食い下がったけれど、こんなのは編集者の仕

事じゃないと思ったから巻き込みたくなかった。「仕事とかではなくて」と、瓜原さんは少し怒った声を出した。反対にわたしは笑って、明るい声のまま「ほんとに大丈夫ですから」と言った。そうするのが一番まるくって、一番軽薄だと分かっていてそうした。

指定したカフェに、須崎先生は先に来ていた。待ち合わせ時間まではまだ五分ほどあったけれど、すでに着席して一息ついている様子から、だいぶ早めに来たのだろうということが分かった。高い天井はドーム型になっている。教会だった建物を改装したというそのカフェの中は、大きなステンドグラスから差し込む光が美しくて、神聖な空気さえある。一人でも時々来るし、瓜原さんとの打合せでも使ったことがある慣れた店だし、東京駅から近いから須崎先生の出張先がどこであれ恐らく便利だろうという理由から、ここを指定したのだけど、あまりに洗練された雰囲気が場違いで、一歩足を踏み入れた時から後悔が始まっていた。もっと騒々しい駅ナカのカフェを指定すれば良かった。

平日十八時の店内は混み合っていて、空席はほとんどない。須崎先生が座っている二人席も、両隣にそれぞれ一人でコーヒーを飲んでいる女性客がいた。

「先生、お久しぶりです」

お変わりないですね、と挨拶し、向かいの席に座る。須崎先生がわたしの顔と、それからなぜか両隣の席に座る女性客の様子をちらりと確認した。女性客は二人ともわたしと同じ側に座っているので、顔を向けて確認することはできないが、どちらも三十代か四十代くらいの、スーツではないけれど会社帰りといった感じのオフィスカジュアルな服装だった。一人はスマホを操作していて、もう一人は文庫本を読んでいる。注文を取りに来た店員にハーブティーを頼むと、すぐに運ばれてきた。須崎先生はアイスコーヒーを飲んでいる。当たり前だが記憶にあった顔よりも歳を取っていた。

東京にはどういうご用事で、ああなるほど教育系の研究大会が大学で、先生方って学校のお仕事以外にそういう活動もされているんですね、などと話した後、早々に本題に入った。長居するつもりはないので、とその目が言っていた。呼び出したのはそっちのくせに、とつまらない気持ちで応じる。

「先生とわたしとの間に不適切な関係があったんじゃないかって、そんなの、誰が言ってるんですか」

口に出してみると奇妙な言葉だった。不適切な関係。カフェで向かい合って口にするにはすっとぼけすぎている。わたしが思わず笑いを堪えると、須崎先生は鼻で笑って、

「そんなの、誰もかれもですよ。面と向かって言ってくる人はほとんどいないけれど、遠くにいる無神経な人たちが親切面して〝気をつけなきゃだめだよ〟って言ってくる。あの

街のそういう感じは、君もよく知ってるんじゃないですか。小説にも出てくる」

「小説に、出てきますか」

思わず尋ね返す。自覚してそんなシーンを書いた覚えはなかった。須崎先生は面倒くさそうに、ええまあ出てきたと思いますけど、とつぶやいただけで、具体的なシーンを挙げてはくれなかった。

「それで、どうしたらいいですか。不適切な関係なんてないって、わたしがどこかで言えばいいですか」

ばかばかしくなって投げ出すようにそう切り出すと、須崎先生は眉をひそめた。従順な生徒時代のわたしを想像して来たのだろうか。まさか。不適切な関係もなにも、そもそも関係がない。高校時代に教科を教わっただけ。それだけで、十年以上関係が断絶していた人を「先生」と呼び続けなくてはならない。

ハーブティーを持ち上げたけれど、まだ熱すぎて飲めなかった。音を立てないようにカップを皿に戻す。

「不適切な関係……っていう言葉も、変ですね。つまり恋愛関係にあったんじゃないかと疑われているわけですよね。わたしの答えたインタビュー記事がきっかけで。自分で言ってしまいますけど、あんなほほえましい話で。先生の授業を受けていた、ほんのり好きだなあと思っていた、だから先生が話したことをノートの端にメモしていた。これで妙な妄想を働かせる方がどうかしてる。ほっといたらいいじゃないですか」

ほっておけないからわざわざ来たのだろうということは、分かっていたけれどあえてそう言った。だってどうすればいいのだ。わたしになにができるっていうんだろう。

「君の言っているそれは、どうやって証明されるんですか。できるんですか。ただ一方的に心の中で思っていただけだって。証拠もないのに」

「だって、わたしのことです。わたしの体験、わたしの記憶だから、わたしがそうだと言ったら、そうでしょう。証拠もなにも、それが事実になるでしょう」

「雑誌にあなたの話として記事が出ているのに？」

わたしは口をつぐむ。須崎先生がスマホを取り出して、画面に視線を落とす。雑誌の写真を見ているようだった。

「――その先生は数学の教科担当でした。担任でも部活の顧問でもなかったので、授業だけでしか関わりがなかったですし、その関わりと言っても、時々分からない問題を授業の後で訊きに行く程度のことです。わたしは特別優秀でも問題行動が多い生徒でもなかったので、多分記憶には残ってないんじゃないかなと思います。でも好きだったんですよね。数学のノートの端に先生が話したちょっとしたことをメモしていました。雑談が多い先生ではなかったんですけど、時々ぽろっとおもしろいことを言うんですよ。〝集中しすぎて寝るなよー〟とか。え、似顔絵ですか？　いえ、似顔絵は描いてなかったですね。絵は下手なので」

須崎先生はそこで言葉を切って顔を上げ、わたしの顔を見る。

「ぼくは関わりのあった生徒の顔や名前は忘れませんし、優秀だからとか問題児だからとか、そういう理由だけが覚えたり忘れたりといった記憶の定着に影響するっていう考え方自体が、教職に関してはあまり好きではないです。あと、集中しすぎて寝るなよ？　ぼくは、こんなことは、言ってない」

須崎先生の言うとおりだった。先生は、多分そんなことを言っていない。当時、先生がぽろりとこぼす言葉をメモしておいて、後で見せ合うのが仲間内の流行りというか、ささいなコミュニケーションのひとつだった。そんなことすらずっと忘れていたのだけど、須崎先生の下の名前と紐づいて一緒に思い出したのだ。メモしていたことは思い出したけど、その内容までは覚えていない。当時のノートも残っていない。「集中しすぎて寝るなよ」は、わたしが適当に考えた架空の発言だった。

「そうだったでしょうか」

とぼけてみせる。目の前に怒っている人がいると、すっと冷静になる自分は底意地が悪いと思う。底意地が悪く、冷たい、そういう自分の部分は好ましい。この人は不適切な関係にあったなんて妄言を否定してほしくてここに来たわけではなかったのだ。自分は「集中しすぎて寝るなよ」などと言っていない、と主張するためにここに来た。おそらく初めの連絡からそうだった。初めからそう言えばいいのに、今日この場で顔を合わせるまで言えなかったのだ。

須崎先生のわたしを見つめる目が、階段を駆け下りるように数段冷たくなった。上に載せていたあったかみを、意識的に取り払ったというべきだろうか。生徒を見る目から、大人に対峙する目に交代したのかもしれない。

「君は……小説家は、ずるいですね。書いたもの勝ちだ。書かれた側は負けるしかない」

須崎先生は、立ち上がって荷物を手に取った。

「ぼくがこうして話しに来たのも、面倒だとか変な人にからまれただとか、そんなふうに思っているんでしょうね」

どうせ、とつぶやいて、須崎先生は店を出て行った。挨拶もせず立ち去ったので、思ったよりも怒っていたのかもしれない。多少不機嫌ではあったけれど、顔をことさら険しくしかめていたわけでも、声を荒らげたわけでもなかったので、受け取りきれなかった。わたしはわたしで、平然としているように見えただろう。実際、心臓は静かだった。他人を引き受けることはできない。書くことで引き受けたのは、その人になじられるわたし自身のことだ。そんなふうに考えてしまうわたしは、なにもかもに無責任で、引き受けるという言葉の意味も理解できていないいんだろう。須崎先生の傷を、わたしは実感したくない。わたしのこととして痛みを感じてしまったらもう、嘘もつけなくなる。書くことのその先や周辺や前提について、わたしが回答を求められるもの。まだ考えていません、では許されないもの。いつから許されないことになったんだろう。

急に足元が冷たくなる。テーブルの下で靴を脱いで右膝を折り曲げ、スカートの下で足を尻にしいた。伸ばしたままの左脚だけ冷たい。

イズタニさんにしろ須崎先生にしろ、わたしの周辺のおかしな出来事は地元でばかり起こっている気がした。それが今日は、事故みたいに東京まで届いただけ。そう考えると、希薄な安心が芽生えた。

先生がわたしを呼ぶ「君」という言い方は、メールの文面で見た時よりも音としてはすっきりと響き、さほど不快ではなかった。テーブルに残された先生のアイスコーヒーに、まだ氷が浮いている。わたしは自分の飲んでいたハーブティーを飲み終えるまで、カフェの中にとどまることにした。

スマホを取り出して、瓜原さんにメッセージを送る。ほんとうは「終わったら電話してくださいね」と言われていたのだけれど、声を使って話すのが面倒で、メッセージにしてしまった。

〈今しがた終わりました。特に問題なく、須崎先生にも納得してもらえたようです〉

電話がかかってくるだろうかと身構えていたが、瓜原さんからはあっさりと返信が届いた。

〈そうですか。何事もなくてよかったです〉

なにか続きがあるだろうかと数分待ってみたがそれだけだった。わたしは自分が勝手に傷つくのを自覚した。何事もなかったし、よかったんだろうか。

心配してくれている瓜原さんに対して、大丈夫だから自分一人で会うと決め、実際にそうした。終了報告は、編集者として担当作家の無事を確認するために必要だったのだろう。無視されたわけではなく、すぐに返信もきた。須崎先生と会う時間は伝えていたから、わたしからの連絡を待っていたのかもしれない。瓜原さんはなにも間違ったことも、ひどいこともしていない。むしろ丁寧だ。なのにわたしは勝手にそれ以上を期待して、満たされなかったことに自分勝手に傷ついて、それをさらに客観的に自覚している。

同じ高校だった帆奈美なら、須崎先生のことも知っているしこの徒労感が伝わるかもしれない、と思ってメッセージを打ちかけるけれど、共感が欲しい時だけ連絡する浅ましさを胸に詰まらせるように実感して止めた。なにより、小説は好きだけど小説家には興味がない、作品だけあればいい、というスタンスの帆奈美はきっと雑誌や新聞のインタビューを読んでいないはずだ。小説家早見有日として受けたインタビューが発端で面倒なことになっているわたしを知られたくなかった。連絡が途切れがちな昔からの友だちでいたかった。しんど、と声に出してつぶやいてみると、両隣に座っている女性客がそれぞれほんの少し反応した。スマホの画面をなめらかに辿っていた視線が一瞬止まった気配がしたり、本のページを繰るリズムがわずかに乱れたりといった、かすかな反応だった。帰ると決めて鞄から財布を取り出す時に、サイン用の太いペンを持って来ていたことを思い出した。単行本にサインを頼まれた時、ただでさえサインらしくない楷書で名前を書くだけになる自分のサインをそれらしく見せるために、極太のペンで書くようにしているのだ。今日もこれを使うんだろうな、と予感したから持ってきたのだけど、そんな話には全然ならなかった。わたしは残りのハーブティーを全部飲み干して店を出た。

数日後、母から〈仕事終わったら電話して〉とメッセージが届いた。わたしはそれをＰＡＬの更衣室で見た。母の用件というのは恐らくイズタニさんと会ってきた件だろう。終業後とはいえ、仕事の気配が色濃く漂う更衣室の中で聞きたい話ではない。

遅くなってしまうけれど、家に帰ってからかけよう。そう決めて帰り支度をし、休憩室の奥の事務室にまだ残っていたマネージャーに挨拶してPALを出る。いつもより歩調を早めて駅に向かった。母から着信があったのは、最寄り駅からマンションまでの道を歩いている途中のことだった。リュックの背中側のポケットに入れたスマホが振動するのを感じて、反射的に手を伸ばし、その無理な姿勢で二の腕の筋肉が引きつった。マンションまでは後五分ほどで着くところだった。すぐにかけ直す、とだけ伝えようと思い着信ボタンを押すと、こちらが何か言うより先に母が、

「もしもし。須崎先生の件、大変だったんでしょう」

と告げたので驚いて、

「なんで須崎先生が東京に来たって知ってるの」

と返すと、母はまだそんなことも分からないのかと呆れた様子で、みんな知ってるよ、と答えた。頭を両側から強く抑え込まれた感覚がして、思わず立ち止まる。須崎先生の、自分を抑えつけるような怒りを思い出した。書かれた側は負けるしかない、と先生はそう言った。わたしは別に、戦いたいわけでも勝ちたいわけでもない。

「あのさ、お母さん、須崎先生は別になにか悪いことをしたわけじゃなくて、東京に来たのだって出張のついでにちょっと話をしただけで、久しぶりに会えてむしろ楽しかったっ

ていうか。もちろん変な意味ではないんだけど単に、懐かしい感じで。だからまあ、良かったよ」

わたしは誰と話しているんだっけ。電話の向こうにいるのは誰なんだっけ。あらそう、それなら良かったけど、と変わらぬ口調で話す母と、無性に会いたくなった。会って顔を合わせて話せば大丈夫。多分まだ大丈夫。そんなふうに期待する。

年度末でＰＡＬを辞めることも報告しないといけないし、今度の休みに帰省しようか。考えて、でもあのエッセイの依頼と、短編小説の方も進めないといけないし、瓜原さんが取材が入るかもって言ってたし、次の休みは無理か。その次も……分かっている。しばらく無理だ。休みなんて、休みではない。半年の間、わたしは旬だから。

わけ、わかんなくなってる。電話口を離してつぶやいてみる。声を拾われたくないなら口に出さなければいいだけなのに、わざとそうする。

「朝陽、もう家なの？」

「ううん。でももう着くところ」

そう答えて、止めていた足を動かす。夕飯を買いにコンビニに寄ろうと思っていたけれど、今日はまっすぐ家に帰ろう。冷凍食品がなにかあったはずだ。

「このまま話しててもいいけど、家に着いてからかけ直そうか」

「すぐ終わるからかけ直さなくて大丈夫。あのね、お父さん、スイミングスクールに通うことになったのよ。その報告だけ」

「お父さん？」

お父さん、と言っただろうか。お母さんではなくて。お母さんでも、よく分からないのだけど、イズタニさんと話をしに行く、ウィメンズデーというのがあるからそこで話す、と言っていたのに、なにがどうなって父がスイミングスクールに通うなどという話になるのか。父は母にもまして出不精で、地元から東京まで電車で二時間とかからないのに、一度もわたしの様子を見に来たことがない。小説家になってから、瓜原さんにあちこちの喫茶店やお店に連れて行ってもらって、前よりは東京に詳しくなれたから、出て来てくれたらおいしいものを食べに行って、親孝行ができるのに。

「お父さん、脚を骨折してから筋力が落ちちゃってね。別に日常生活には支障ないんだけど、定年退職したら富士山に登ってみたいなんて言うもんだから。山登りなんてしたことないくせにねえ。今の体力じゃ不安でしょう。それで、イズタニさんに相談したら、夜に大人だけのコースが開かれてるから、そちらにいらしたらどうですかって。ジムのプールもあるけど、あっちだと歩くだけでしょ。歩くのもいいけど、やっぱりね、せっかくだったら二十五メートルくらいすいーっと泳げるといいじゃない。短時間でぐっと運動できて、足腰への負担も少ないし」

いや、うん、それはいいけど、と何度か相槌を挟みながら聞く。母はこんなふうに次から次へどんどん話す人だっただろうか。この頃、この人はこんな人だったはずなのに違う、と思う機会が多くある。みんなが変わっているのか、わたしが変わっているのだろうか。

そうそう、と母が付け足す。

「イズタニさんは、とってもいい人だったわよ。朝陽のことはなんか、誤解かもしれなかったですって。朝陽もイズタニさんのこと知らないって言ってたんだし、ちょうどよかった。いろいろ誤解で混乱させちゃってすみませんーって、一生懸命謝ってくれてね、いい子だった。ほんとうに。良かった」

すみませんーっのところを、母は声をワントーン高くして言った。イズタニさんのモノマネなのだろう。いつもの母とは違う言い方だった。誤解で混乱、という言葉にこそ混乱する。なにが誤解だったんだろう。一生懸命謝る、いい子。初めはいい人だって言っていたのに最後はいい子に変わっていた。

ざわざわと心が波立つ。地元の駅前の光景が頭に浮かんだ。駅なんて住んでいた時はほとんど使ったことがなかったのに、はっと浮かぶ地元の光景が駅前なのは、なんでなんだろう。たいして懐かしくもないただの駅前の光景。大きな時計が付いた塔の形のオブジェ、鯉が泳ぐ池の噴水。駅前に並ぶ店はパン屋とラーメン屋とコンビニの三軒だけで、その店全部の敷地を合わせたよりも、自転車置き場の範囲の方が広い——あの街にはもう帰れないのかもしれない。悲しいとも悔しいとも、どうでもいいとも思えず、感情が追い付かないまま茫漠と、ただ思う。

*

「なんか、嘘っぽいんだよなあ」

指摘した記者は薄笑いを浮かべていた。核心をついている自信がある口ぶりだった。見当外れではないと確信しているからこそ、冗談にならない手前ぎりぎりのラインを指し示すように、冷たく笑っているのだ。

ははは、と同調して声だけで笑い、取材に同席している瓜原さんの方をちらりと見ると、瓜原さんは表情を硬くしたまま口を閉ざしていた。それを目にして、わたしの笑い声も尻すぼみになった。

「早見先生、なんかちょっと作って話しちゃってます？　盛ってるというか。もちろんわざとではないと思うんですけど、小説家の方ってお話を作るのが仕事だからですかね、自分のことも物語ってしまってるんじゃないかなと、ちょっとね」

机を挟んでわたしの前に座る男性記者は、初めに挨拶した時に先生呼びは止めてほしいと伝えた後は、「早見さん」と呼んでくれていたのに、また先生呼びに戻っている。わざとかもしれない、と思い、でもなんのためにそんなことをするのかは分からない。分からないから多分わざとではないのに、わざとかも、と一番目に思ってしまうのを止められない。

今日の取材は週刊誌だった。表紙に露出の多い女性の写真が使われる男性向けの雑誌で、はたして小説家の取材記事など必要なのかと疑問に思ったが、見本として渡された先週号をぱらぱらとめくって見ると、大半は性的な話題とお金と健康の記事なのだけど、後半の方のページに新刊の紹介と旬の旅先のコーナーがあった。前半ページが女性の肌の写真で埋まっているのに対して、白黒印刷の小さな文字がみっちりと詰まっている文化面の記事は、その重たい見た目と反して軽く浮いていた。著者近影は出版社で持っているデータを使用してほしいとお願いしたが、当日の撮影が必須だと言われたので、先週買ったばかりのこげ茶色のセーターを着てきたが、掲載ページは白黒印刷だったので、元々持っている白か黒のセーターでもよかったかもしれない。「話す前に撮っちゃいましょうね」と言って、記者が手慣れた様子で小ぶりのデジタルカメラを構え、十数枚をさっと撮って終わった。あそこに収まるのだなあ、と思いながら取材を受けていた。当然、それを読むのは男性読者だ。六十代以上が多いのだという。自分の父親より上の世代で、なおかつまだ女性の裸に近い写真を週刊で必要とする人たちにどんな言葉が届くのだろうと考えていたから、「嘘っぽい」と指摘を受けた時に、なるほどその傲慢さが見抜かれたのだと感じた。机の端に置いたままにしていた名刺に目を遣って、記者の名前を確認する。確認したの、目線でばれているだろうな、とも思う。福本さんという人だった。しみの目立つ顔は六十代半ばに見えるが、定年が六十歳であることを考えると五十代なのかもしれない。

芥川賞を受賞した『幽霊が遊ぶ箱』の内容について、普段の執筆場所や（カフェが多いですが、気が乗らない時は電車の中で書くこともあります）、ゲームセンターで働きながら書くことについて（お客さんたちを創作のネタにするわけではありませんが、いろいろな方がいるので刺激はいただいています）、田舎の両親の反応（おおはしゃぎです）、など一通り話を進めた。変わった質問はなく、これまでに一度二度ならず、三度か四度か聞かれてきたような質問が多かった。前にどこかで答えた内容と大きく違わないよう、けれど全く同じ言葉をなぞるだけにはならないよう、意識しながら慎重に答えていた、つもりだった。

「いやー、笑ってらっしゃいますけどねえ。ほんと、嘘はつかない方がいいですよー。早見さんはプロの小説家なわけですけどね、こっちだってプロなんですよ、記者の。話を聞く耳と腕は持ってますから分かります」

あのちょっと、と瓜原さんが厳しい声で制した。

「福本さん、わたしはこれまで何度も早見さんの取材に同席させていただいていますけど、早見さんは別に今日、嘘をついていらっしゃらないと思いますよ。思い込みでそのように仰られるのは……」

「ああ、はい。すみませんね。別にね、こちらの出版社さんと喧嘩したいわけじゃないから。今後のお付き合いもありますし。ただね、ちょっと言いたくなっちゃって。どうも」

言いながら、福本記者は手早く荷物をまとめ始める。取材はこれで終わりらしい。よくある質問だけをされて終わったので拍子抜けだった。一時間程度を予定していたが、まだ席に着いてから三十分も経っていない。

「記事ができたらお見せします。お送りは瓜原さん宛てでいいですね」

と確認し、わたしの顔をもう一度まじまじと見つめた。

「大丈夫ですよ。さっきも言いましたがプロなんで、記事は安心しておいてください」

あんたが嘘ばかりぺらぺら話したってプロの仕事で記事にしてやるよ、と言われた気がした。はあ、と答え、見送りの条件反射として頭を下げた。「今日はありがとうございました」とも言った。

会議室のドアが閉まる。いつもだったら、取材に来た人をエレベーターホールの方まで見送る瓜原さんが室内に残っていた。ソファに座るようわたしを促し、自身も隣に腰かける。わたしに半身を向けてため息をつく。

「すみません、早見さん。なんか変な記者でしたね。付き合いは前からある雑誌なんですけど、あの福本さんという人とは初めて会いました……担当が変わったのかな。とにかく、記事は絶対に掲載される前に確認しますから」

よろしくお願いします、と答えながら、出てくる記事は恐らく問題なく真っ当なものだろう、と思っていた。瓜原さんもそう考えているのかもしれないが、わたしに対してはそれを見せないようにしていた。

いつの間にか空が曇っているのが、会議室の大きな窓から見えた。まだ昼の三時前だ。

早見さんは兼業作家さんですけど、ゲームセンターの仕事は平日がお休みのことが多いから、取材や打合せを組みやすくて助かります。受賞した後特に慌ただしくしていた時期に、瓜原さんがぽろりとこぼした。なんということはない一言だったし、ただの事実だった。だけどあの時も、わたしはなにかに傷ついたのだった。なにに傷ついたか、突き止めることもなく流していたけれど、あれは、都合よく平日に時間を空けられなくなったらわたしは用済みなんじゃないか、という恐怖だった。用済みになるのは「わたし」で、わたしの小説ではない。小説は、それが良いものであれば文芸誌に掲載されて、本にしてもらえる、と信じられる。信じられないのはわたしだ。取材されるわたし。わたしは、土日に編集者や記者が時間をかけてまで追いかけられる人間ではない、と知っているから、「平日に仕事の休みがあって時間を作りやすい早見さん」であることに、強烈に安心している。土日しか休みがない仕事じゃなくて良かった、出版社があるのと同じ、東京都内に住んでいて良かった。その安心が、なりたかった小説家像とはかけ離れているから、なるほど離れたところへ、どんどん進んで行くのだなと知る。

今は十二月。旬の終わりまで後一か月。旬を過ぎた後の三月末でPALを退職することを、わたしはまだ瓜原さんに話していない。話しておいた方がいいのだろうけれど、どんな反応が返ってくるのかを想像するとしんどい。瓜原さんにはきっと、前と同じように「仕事は辞めない方がいいと思います」と言われるのだろう……言われるだろうか？　ほんとうはそれだって分からないのに、わたしは一人頭の中で想定してばかりだ。

作家の収入だけで生活していくのは難しいから、仕事は辞めない方がいい。だけど体力的に、時間的に、両立できない場合はどうしたらいいんだろう。勤務時間は決まっている。正社員で雇用されていて、目の前に仕事があるのに残業しませんとは言えない。言えないじゃなくて言いたくないだけでしょ、言っちゃ駄目なわけじゃない。分かっている。そのとおりだ。わたしは残業できませんと言いたくない。それを言うくらいなら辞めた方がいいと思っているのだ。これから年次を重ねれば責任も当然増える。その責任を果たすなら、絶対に小説にかけられる時間は足りない。体力も気力もなにもかも足りない。だけどお金だって足りない。分かっているけれど、それでも、仕事は辞めることにした。

とかなんとか言って、それも全部嘘だ。嘘。全部ではない。実際にそのとおり考えているけれど、思ってはいない。思っているのは、わたしは働く自分と小説を書く自分があばかれたまま、ひとつところにあるのに耐えられないってことだけだ。だから辞めるのだ。

厚い雲の下を、鳥が数羽群れて飛んでいくのが見えた。東京には山がない。あの鳥たちはどこに帰るのだろう。目で追うが、みるみる遠ざかっていき、見失う。瓜原さんが隣で身じろぎした。

「あの、さっきの、福本さんが言っていた、早見さんが嘘をついてるんじゃないかっていう話。わたしは、あんなふうに取材の場で面と向かって言ってくるのはマナー違反というか、すごく失礼なことだなと思って。でも、先日の女性誌の取材の時、早見さんがデビューする前の話をされたじゃないですか。最終候補作の校正を出した後の話」

わたしは口角をわずかに上げたまま、ああ、とつぶやく声がため息混じりにならないように気を付けて相槌を打つ。どういう話の流れだったか忘れたが、確かにそんな話をした。

――デビューする前のことなんですけど、新人賞の最終候補になった時に初めて編集者の方にお会いして……今日も隣に座ってくれている、瓜原さんに。最終候補になった小説を選考委員の先生方に読んでいただく前に、校正できるんですね。もちろん大幅に筋を変えることはできませんけど、誤字脱字とか表現とかを修正する期間が一週間くらいあって。その日は、校正した原稿を瓜原さんに戻すために、出版社の近くの喫茶店でお会いしたんです。瓜原さんと別れた後一人になって、気が緩んでいたんでしょうね。ぼんやり道を歩いていたら男の人に声をかけられて。おいしい蕎麦の店を知ってるんだけどご一緒にどうですかって、食事に誘われました。まだ夕方だったからそもそも晩ご飯には早いなって思ったし、普段だったら絶対ついて行ったりしないんですけど、その日はそのまま家に帰りたくなかったのと、声をかけて来た男の人が、日本人ではなかったんですね。旅行者で、蕎麦屋に向かうタクシーの中で聞いたらブラジル人だって言っていました。名前はダニエル。あ、そうなんです。お店まではタクシーで。遠かったんですよ。山梨県にありました。声をかけられたのは都内です。出版社の近く。そこからタクシーで山梨の甲府まで、片道二時間以上かかりました。もし悪い人だったらどうしようって途中で心配になりましたけど、ほんとうにお蕎麦を食べて、帰っただけ。ダニエルはお蕎麦を大盛で食べて、天ぷらと、日本酒もグラスで少しだけ呑んで、楽しそうでした。彼は近くのホテルを探して泊まるというので、一人で東京に帰りました。「帰っちゃうの」ってさみしそうにされましたけど、さすがにホテルにはついて行きませんでした。強引に誘われることもなくて、ＪＲの駅まで見送ってくれました。連絡先も聞いてないので、それきり。日本旅行を楽しんでくれているといいなと思います。変な小旅行でしたけど、楽しかった。新人賞受賞のお知らせを瓜原さんから受けたのは、その一か月後です。

先日発売された女性誌のインタビューページに、その話は全く入っていなかった。全部カットされて、まっさらに、何もなかったことになっていた。あの時取材してくれたのは四十歳くらいの女性ライターだった。終始穏やかに、にこやかに話を聞いてくれた。ダニエルの話をした時も、「へえ、そんなことが。おもしろいですね」と、ほんとうにおもしろそうに口に出して言ってくれた。内心で「この嘘つき」と思っていたとしても、それを顔や口に出すのは相手に失礼だから。

「あれは、嘘ですよね」

瓜原さんがわたしの目をまっすぐに見つめ、それなのに先に目を逸らす。責めまいとする口調だった。芥川賞を受賞した『幽霊が遊ぶ箱』の前に、書きかけていた中編の内容を相談した時に、「他の話を書きませんか」と告げたのと、同じ声だと思った。相手を傷つけると分かっているけれど、口にせざるを得ないことを話す人の声だ。

「早見さんとお会いした後一時間ほどして、別の作家さんと打合せをするのに社を出たんです。その時に、早見さんを見かけました。お会いしたのとは別の喫茶店で、道から見える窓際の席に一人で座っていました。小説を書いているわけでも本を読んでいるわけでもなく、ぼうっとしていらして、顔は外に向いていましたけど、多分わたしのことは見えていないなって思ったから、手を振ったりはしなかったし、見かけたってことも、その後も特に言い出さなかったんです。でも、打合せを終えたわたしが三時間後に同じ道を通った時、早見さんまだいたんですよ。変わらずぼんやりしたまま。心配でしたけど、その時は早見さんはまだデビュー前でしたし、お店に入って声をかけるのもなって……そのまま編集部に戻りました。あの時のことはなんとなく、ずっと覚えていて。最終候補に残って、その原稿の校正をして。多分、出版社指定の校正記号を使っての校正は初めてだったでしょうし、わたしみたいな者でも、編集者の肩書がある人間と会うのは、緊張されましたよね。醒められないでいるんだって、あの時の早見さんを見て思いました。それを、そのことを、そのまま話すことがいいのかは分かりません。話したくないこともあるだろうし、嘘がいけないとも、思わない。別に、早見さんが悪いっていうわけじゃないんですけど、でも」

瓜原さんが、言いにくそうに言い淀む。にじみそうになる心を抑えて、わたしは鼻白むことにする。一息に付け足された言葉をそぎ落とすと「悪い」って意味だ。そうでしょ？そんなふうにまた勝手に想定して、心の中で断じる。

「多分、早見さんはもっと正直に素直に、率直に、思ったことを言っても大丈夫ですよ。こんなふうにしようあんなふうに作ろうって、自分自身に対して思わなくても、すっごくおもしろい話だけしようって、気負わなくても、わたしたち読者は、例えばですけど、早見さんが昨日なんのアイスを食べたか知れるだけでも、けっこうおもしろいんです」

そんなわけない、と半笑いの気持ちで思う。瓜原さん、ばかじゃないの。早見有日は芸能人じゃないから、なんのアイスを食べたかを答えるだけで満足してくれる人なんているわけない。いたら気持ち悪い。気持ち悪いなんて、わたしの本を読んでくれる人に対して思いたくない。だからそんなこと答えたくないんです。

頭の中でざっと並べられた言葉が、自分の口から出て行くことはなかった。嫌だな泣きそうだ、と冷静に思い、涙がにじむずっと前から予防のために頬の内側を噛んで痛めつけておく。瓜原さんが編集者ではなく、わざと「わたしたち読者は」と言ってくれたことも分かっていた。なのにわたしは明け渡せないのだ。朝陽が、わたしの内側から手を伸ばしそうになっている。すこしだけ甘えてもいいんじゃない、と数歳しか違わない瓜原さんを、ずっと年上の女の人を頼る時みたいな目で、見そうになっている。けれどそれは、早見有日が許さなかった。心がずんっと沈んで強化される。喉から、自分でもとても作り笑いには聞こえない、自然で軽やかな笑い声が控えめな音量で発せられた。

　えー、いやいや。あはは、と薄く笑って見せたわたしに、瓜原さんは珍しく傷ついた顔を隠さなかった。それを見ないように目を逸らして、口と目で笑ったまま少し苛立つ。だってどうしろっていうの。成立させなきゃ、うまくまとめなきゃ。お金をもらうんだから下手なことはできない。ちゃんとしなきゃ、支払われる金銭に見合う「ちゃんと」を自分から出さなきゃ。それってえらいでしょ。それってまともでしょ。瓜原さん、わたしＰＡＬの仕事を辞めるんです。働く自分と小説を書く自分が、むかしは少しずつ重なり合ってグラデーションのように日々の中にあったのに、今は断絶して個々にあるようで、自分で、自分が苦しいんです。そしてそのことを、もう少しであなたに言ってしまいそうなのも苦しい。

「なに、考えてますか？　早見さん」

　瓜原さんが傷ついた顔のまま訊ねてくる。

「……言いたくないです」

　そう答える。それはほんとうだった。ようやくほんとうのことを口にしたと思った。ほんとうのこと、と口の中でその言葉を転がす。話せば話すほど分からなくなり、離れて行く。言いたくない。なにも。わたしは言いたいんじゃなくて書きたいんです。そう続けて言うのは止めた。言うのはもう十分だった。瓜原さんが指を組んだ両手を動かして、自分の親指でもう片方の親指の爪をさすっていた。

初出誌「文學界」

「うるさいこの音の全部」2023年2月号
「明日、ここは静か」2023年8月号

装画
森優

装幀
大久保明子

高瀬隼子（たかせ・じゅんこ）

1988年愛媛県生まれ。東京都在住。立命館大学文学部卒業。2019年「犬のかたちをしているもの」で第43回すばる文学賞を受賞しデビュー。2022年「おいしいごはんが食べられますように」で第167回芥川賞を受賞。著書に『犬のかたちをしているもの』『水たまりで息をする』『おいしいごはんが食べられますように』『いい子のあくび』がある。

うるさいこの音《おと》の全部《ぜんぶ》

二〇二三年十月十日　第一刷発行

著　者　高瀬隼子《たかせじゅんこ》

発行者　花田朋子

発行所　株式会社 文藝春秋

〒一〇二―八〇〇八
東京都千代田区紀尾井町三―二三
電話　〇三―三二六五―一二一一

印刷所　大日本印刷

製本所　大口製本

DTP制作　ローヤル企画

ISBN978-4-16-391761-0